Vera und Nicole gewidmet

EDGAR SOMMER

TANGO ZU DRITT

Menage à trois

Erzählung

CARGO
Verlag

EDGAR SOMMER

TANGO ZU DRITT

Menage à trois

ERZÄHLUNG

Edgar Sommer - 2014

Zur Einführung

In diesem Buch geht es um Tanz, es geht um Liebe, um Unruhe, es geht vor allem um dieses ungewisse Zwischenreich, in dem der damals noch recht junge Gunnar sich mit zwei erfahrenen Frauen herumtreibt.

Es geht hier um ein Dreiecksverhältnis, um die berühmte *menage à trois.*

Mit beiden Frauen tanzt Gunnar Tango und offensichtlich nicht schlecht.

Als Collage dazu dienten die Übersetzungen von Tangoliedern, die er ausgegraben hat und einige Zitate von Georges Batailles, dem Altmeister der erotischen Literatur.

Diese Erzählung basiert auf Tatsachen. Er sagt das im Text :

„Erkenntnis und Intuition werden zu einem Ganzen."

Vera und Nicole hat es also wirklich gegeben. Der Zeitraum – es waren die 68er Jahre und einige Zeit danach - stimmen auch. Gunnar ist ein Pseudonym.

In Lissabon tanzt er 2014 mit Juana Tango und dabei entstehen Erinnerungen in Form von Bruchstücken und Fetzen. Der Tango, die Liebe zu beiden Frauen – die Gunnars Leben prägten – verweben sich.

Edgar Sommer

Reykjavik – Juni 2014

Die Tür ist nur angelehnt. Milena schleicht in Gunnars Wohnung.

Ihr Mann fertigt Frachter im Hafen ab. Nach Feierabend schaut er polnisches Fernsehen.

Gunnar ist isländischer Schriftsteller. Er schreibt vor allem Krimis. Auch mal was für die Zeitung.

Milena will eigentlich nur seine Nähe. Mit ihm mal etwas reden, mit ihm schmusen. Eigentlich nicht unbedingt mehr.

Gunnar plant seine Flucht vor dem isländischen Winterwetter. Er will in den Süden. Nach Lissabon zum Beispiel. Er würde dort ein Boot besorgen und mit ihr aufs Meer fahren. Die Stadt würde nach und nach im Horizont verschwinden. Sie wären dann ganz für sich.

Durchs Fenster quillt Dunkelheit.

Lisboa – ein paar Wochen später

In Lissabon geht gerade die Sonne auf. Gunnar reckt sich im Halbschlaf und dreht sich auf die andere Seite. Dann steht er auf, geht ans Fenster und träumt noch eine Weile mit offenen Augen. Der Geruch der Luft ist eine seltsame Mischung aus Stadt und Meer. Der Wind hier ist groß und sanft. Er schmeckt herb und leicht nach Salz.

Lisboa klingt besser als Lissabon, sagt er sich. Das ist die letzte europäische Stadt im Westen, vor dem Atlantik. Die Klänge des Fado schweben irgendwie als Nachklang im Raum. Lisboa! Alles klingt hier nach Abschied. Männer gehen auf ihre Schiffe. Frauen bleiben zurück. Sie singen ihre Sehnsucht und den Abschied.

Lisboa liegt für ihn am Ende der Welt. Ähnlich wie Island, diese Insel der Elfen. Beide haben etwas. Lisboa diese Wehmut und Island Zauber und Wildheit.

Er ruft Milena an. Erst ist niemand da, nur der AB. Er legt wieder auf. Später erreicht er sie halb verschlafen. Dann sagt sie: „. . . vielleicht, mal sehen, weiß noch nicht. Der Flug ist eigentlich ziemlich teuer.“ Sie könne kein Portugiesisch. Natürlich nicht. Sie habe ziemlich viel zu tun . . . und was soll das alles. Einfach so wegfahren, er kann das ja machen, aber sie müsse jetzt zu Hause bleiben. Sie hätte schließlich einen Mann, der sei zwar nicht besonders, aber immerhin hätte sie den ja mal geheiratet. Wenn der sich wegen einer solchen Tour scheiden ließe, dann stünde sie da . . .
„Milena, morgen fahre ich mit einem Fischer raus. Ob wir viel fangen ist zwar nicht sicher, doch *no risk, no fun.* Abends gehen wir dann noch einen trinken.“

„Gunnar, gib nicht zu viel Geld aus.“

Lisboa – einige Zeit später

Muito obrigado. Alles klar. Sie legen ab.

„Wohin fahren wir?"

„Nicht so weit, nicht bis zu den Azoren. Antonio lacht. Gunnar tut so, als verstünde er ihn. Portugiesisch klingt für ihn wie eine Mischung aus Spanisch und Französisch. Gunnar kann nur Englisch, als Fremdsprache.

Der Fischer spricht eigentlich nur *portugues*. Antonio hat starke, braune Arme, die ziemlich behaart sind, das Gesicht ist einfach und klar, er lacht häufig, oft scheinbar über gar nichts. Er lacht einfach. Sein Alter? Schwer zu schätzen. Um fünfundfünfzig, meint Gunnar. Jeder Handgriff sitzt. Der Diesel läuft und langsam legen sie ab.

Antonio meint: „Wir wollen versuchen Thunfisch zu fangen, der bringt das meiste Geld. Aber wenn wir den nicht kriegen, auch kleinere Sachen bringen was. Nein, der Hund springt nicht ins Wasser. Wir haben immer Hunde dabei. Die kennen sich aus. Zurück fahren wir dann nach Peniche und verkaufen den Fang. Da kannst du was erleben. Wir können dort essen und trinken . . . er singt das fast.

„Und da sind die Frauen, die beim Ausladen der Fänge helfen. Du wirst sie sehen. Schöne Frauen, sie tragen manchmal sieben schwarze Röcke übereinander. Jede. Tolle Weiber. Wie auf einer Bühne, aber alles noch unwirklicher. Es ist ja Nacht, wenn wir da ankommen. Die Frauen sind eigentlich ganz normale Fischerfrauen. Und doch nicht. In dieser Nacht sind sie das nicht. Weißt du, die Männer kommen mit Beute vom Meer und dann stehen da die Frauen. Das ist toll. Das musst du gesehen haben. Das ist wie im Film. In der gleichen Nacht werden die Fänge noch versteigert. Wir haben dann Geld, die Weiber, was zu essen, zu trinken. Was braucht der Mensch mehr . . . ."

Sie tuckern los. Gunnar schaut nach Norden. 3000 km immer am 10. Längengrad entlang, da liegt Island und dort ist Milena jetzt dabei, ihrem Mann was zu essen zu kochen. Er denkt an die Frauen mit den sieben Röcken. Wieso eigentlich sieben? Der Himmel zieht sich im Westen etwas zu. Leichter Wind kommt auf. Antonio wirft die Netze aus.

Gunnar denkt an Hemingway und „Den alten Mann und das Meer". Wann hat der das eigentlich geschrieben? In den Fünfzigern. Das Meer. Das große Geheimnis. Der große Fisch. Der Mensch.

„He, Antonio, die Weiber, fahren die auch mal zum Fischen?"

„Ja, das war vor meiner Zeit, als die Leute noch richtig arm waren. Da gingen auch die jungen Frauen mit auf See. Die Netze waren ja noch nicht so groß, so konnten sie gut damit umgehen. Heute haben wir zwar Mechanik, da ist es ja egal, wer auf den Knopf drückt, aber die Frauen bleiben trotzdem zu Hause, helfen allerdings beim Ausladen, weil denen das Spaß macht. Die Beute und die Männer. Das sind doch zwei Dinge, die zusammen gehören."

„Sag' mal Antonio, wieso heißt dein Boot eigentlich

„Mephisto"? Hast du dir was bei dem Namen gedacht?"

„Nö, ich habe den Kahn vor ein paar Jahren gebraucht gekauft und da stand der Name schon drauf. Wichtig ist allein die Nummer. Wegen der Zulassung. Wieso ?"

„Mir ging da was durch den Kopf, nichts von Bedeutung."

Mephisto ist ein Verführer, der dir deine Seele abkauft. Anschließend bist du sie los und der Rest deines Lebens ist gelaufen. Man sollte den Teufel nicht beim Namen nennen. Denn dann ist er sofort da.

Mephisto kann aber auch der Zufall sein, denkt Gunnar. Er hält Zufälle nicht für zufällig. Aber lassen wir das.

Auf See - und nach dem Einlaufen

Der Wind. Meerfrauen, Sirenen. Meer und Frauen. Und warum helfen die Frauen mit den sieben Röcken beim Ausladen der Fänge?

Gunnar winkt einer Frau auf einem Boot zu. Der Wind wird stärker, es wird langsam dunkel, keine Schatten mehr, nur noch die Lampen, die von weitem verhaltenes Licht zeigen, aus der Nähe jedoch ziemlich grell leuchten.

Die Frau, der Gunnar zugewinkt hat, beginnt jetzt zu singen. Sie singt tragend, schleppend, sie singt den Fado. Gesang von der Küste, am Rand des Atlantiks.

Das Meer hat für ihn etwas sehr weibliches, verführerisches und auch drohend gefährliches. Im Meer schwimmen. Weit draußen schwimmen, wo kein Land zu sehen ist, ist unglaublich erregend und unheimlich. Ähnlich wie einsame Inseln, die für ihn immer etwas Abgeschiedenes, Unwirkliches haben. Irgendwie eigene Welten bilden.

Wie das sagenumwobene Atlantis. Die halbe Menschheit hat danach gesucht. Wieso eigentlich? Ganz einfach, weil es Atlantis eigentlich nur in der Phantasie gab oder auch nicht. Weil die genau auf der Schnittstelle zwischen Vorstellung und Wirklichkeit liegt.

Antonio hat beigedreht. Nach etwa vier Stunden ziehen sie die Netze ein und sortieren den Fisch. Er wirft den Beifang zurück ins Meer. Der andere Fang kommt in Kisten. Es ist nicht viel, aber Antonio wirkt zufrieden. Ein guter Fang, sagt er. Dann fahren sie zurück. Nach etwa drei Stunden sind sie im Hafen.

Gunnar sitzt auf dem Boot und sieht den letzten Kisten nach, wie sie entladen werden. Dann springt er auf den Kai und schaut einer Fischerin wie zufällig in die Augen. Inzwischen ist es Nacht geworden. Ihre Augen schauen ihn an und schauen durch ihn durch. Sie lächelt mit ihren Augen. Nur mit ihren Augen. Er spricht zu ihr etwas auf Isländisch, nur so zum Spaß, dann sagt er einen kleinen Satz auf Portugiesisch. Sie lächelt wieder und kommt ganz nah an ihn ran und zischt ihm 'was ins Ohr.

Und jetzt lacht sie mit dem ganzen Körper. Frauen! Ihr Duft. Nach Salz und Meer und und vor allem nach Weib.

„Woher kommst du ?", fragt sie.

„Ich bin Isländer."

„Das liegt ja ziemlich nah am Nordpol."

„Nein, so nah nun wieder auch nicht . . ."

Er lacht.

„Pescadora, pescadora no vaya al alto mar . . ." singt er leise. Sie schaut ihn von der Seite etwas belustigt an. Sie gehen in die Taverne, setzen sich, sie bestellt zwei *tinto* und zwei *tapas*.

Das Meer ist jetzt leises Hintergrundrauschen. Die Frau vor ihm versucht mit ihm auf englisch zu reden.

Sie streicht über ihre Bluse und zieht den Rock glatt. Sie merkt, dass er sie ansieht. Antonio steht an der Theke und unterhält sich. Es ist ziemlich laut hier.

„My name is Juana. And yours,"

„I am Gunnar. Are you living here?", fragt er sie.

„Yes, I am living in the next small town. My father is a farmer. And you? Are you a tourist?"

„No, I am just a traveller?", antwortet er ihr.

„That's the same, or not?"

„No, it's not the same. To travel it's by going places, by going landscapes, going over the sea. . . . It's really different.

Reisen ist ja immer auch reisen zu sich selbst."

„So habe ich das noch nicht gesehen", meint sie.

„Wir wohnen hier. Wir arbeiten hier. Wir verheiraten uns hier. Wir haben dann irgendwann Kinder, ziehen die groß, kämpfen ums Geld, gewinnen und verlieren und irgendwann ist das Leben zu Ende."

„Ja, aber auf Reisen erlebt man einiges mehr," wendet er ein, „man findet sich selbst, begegnet dem Zufall und gelegentlich - selten natürlich – stößt man auf einen Schatz."

„Hast du schon mal einen Schatz gefunden?"

„Nein, aber jeder Reisende sucht ihn, also ihn suchen, finden . . . ja, ihn finden steht zwar hinter jeder

Suche, überall kann er versteckt sein, doch darauf kommt es nicht an, das Ziel muss breit sein, dann trifft man auf Zufälle, wie auf Strandgut. Das ist natürlich niemals planbar und ziemlich unsicher. Irgendwann sieht man dann auch einen Schatz. Das müssen allerdings nicht Gold und Edelsteine sein. Der kann auch in Erfahrung, in neuen Begegnungen und vielem mehr bestehen.

Das Gegenteil davon ist Langeweile und Sicherheit. Kleinbürger werden niemals große Reisende. Die sind handfest, bodenständig, solide. Und das ist völlig in Ordnung, stell dir vor, alle wären unterwegs - auf der Suche nach dem Zufall, nach dem Glück, nach verborgenen Schätzen - undenkbar. Doch mit dem Zufall, damit kann man sich verweben.
Träume und Utopien verwirklichen.

Nimm doch nur mal die ganz großen Abenteurer. Odysseus zum Beispiel. Homer erzählt von Circe, von Frauen im Meer, von Nixen und von Penelope, seiner Gattin, die umworben wird von vielen Freiern, aber immer auf ihren Odysseus wartet, der schließlich auch kommt. Das war ihr Mister Right, kein anderer durfte es für sie sein.

Als er schließlich zu ihr zurückkam, musste sie die Probe machen, ob er es auch wirklich war. Und er musste diese Probe über sich ergehen lassen. Der Mann ihrer Träume. Und dieser Traum wurde jetzt verwirklicht. Eine Geschichte aus dem Leben? Wirklich ! Und erträumt !

Und dann Robinson. Der strandete an einer einsamen Insel und machte gezwungenermaßen einen völlig neuen Anfang. Und das ohne Altersvorsorge, ohne

Arbeitslosengeld, ohne Krankenkasse. Robinson wollte ja nichts als raus aus England. Er wollte da nicht Rechtsanwalt werden, also nur seine Arbeit machen und so weiter, er wollte nach verbuddelten Schätzen suchen, zur See fahren. Denn draußen, in fernen Ländern, warten die Chancen. über solche Sachen, schreibe ich. Ich flechte das ein. Dich zum Beispiel. Du bist jetzt schon drin. Festgehalten. Juana, du bist jetzt eine Figur in meinem Roman.

Romane, Erzählungen und Geschichten sind ja wie Gitter in der Zeit, die sich darin verfängt. Nicht alles, aber einiges doch.

Wir wissen ja nicht sicher, was hinter dem Horizont kommt. Als Odysseus an Gibraltar vorbeifuhr, war das ein großes Wagnis. Weiter ist damals kaum ein Mensch gekommen. Aber um das zu unternehmen, brauchte man Vorstellungskraft. Man musste in den Augen der anderen Leute ein verrückter Spinner sein. Aber vor allem entschlossen und wagemutig.

Gibraltar war eine Zäsur. Odysseus hätte dabei um ein Haar Atlantis finden können; wenn Homer das gewollt hätte. Er hat allerdings auf seinen Reisen immer auch sich selbst gesucht und als er sich gefunden hatte, war er wieder bei Penelope. Reicher an Erfahrung und von den Frauen geliebt. Vor allem von einer. Von Penelope. Aber ganz sicher auch von einigen anderen.

Das Wichtigste bei allen Reisen ist, einen festen Punkt zu haben, von dem man ausgeht und an den man zurückkehrt. So wie Odysseus wieder zu Penelope zurückgekehrt ist. Sie war sein fester Punkt. Aber damit war seine Reise zu Ende.

Juli 2014

Hallo Milena, na, wie gehts, wie gehts IHM, dem Wetter?"

„Beschissen, kalt, zwischendurch kurz auch mal Sonne, durchweg aber frisch und windig. Gunnar, bleib erst mal da wo du bist.‟

„Willst du nicht auch nach *Lisboa* kommen. Hier ist schönes Wetter, tolle Musik."

„Nö, keine Lust. Nehm' irgendwann meine Depression. Hab die Schnauze voll. Ich will zurück nach Polen."

„Ich habe einen Kutter gefunden und 'nen guten Mann, Antonio, mit dem bin ich mal rausgefahren. Dann noch eine Frau, die ist Fischerin oder so. Spricht englisch. Mit der versteh' ich mich ganz gut."

„Das ist für dich immer die Hauptsache.

Schürzenjäger !"

„Auf'm Kutter . . . ?

Du hast ja deinen Mann. Was ist mit ihm?"

„Gar nichts ist mit ihm. Wirf mir das nicht vor.“

„Mach ich doch gar nicht."
Milena: Ok. Dann machen wir jetzt Schluss, wird sonst zu teuer für dich."

Milena - Island

Milena überlegt, wie es mit Gunnar und ihr weitergehen soll. Sie liebt ihn und er liebt sie, denkt sie und fühlt sie; manchmal mehr, manchmal weniger. Aber er? Er ist ein Mann, da läuft ihm eine über den Weg, zum Beispiel diese Portugiesin, immerhin südländisch.

Milena ist verheiratet, zwar nicht berauschend, aber ihr Mann verdient Geld, bringt davon auch was nach Hause und das langt. In Polen hätten sie es schlechter. Aber Heimat ist das hier nicht.

Gunnar erzählt ihr viel von Island, vom *hidden people*, den Elfen und Trollen, die angeblich in Felsen wohnen. Alle Elfen seien jetzt in Island, fast alle, erzählt Gunnar, das sei jetzt so eine Art Rückzugsgebiet für sie geworden. Woanders wäre das Leben einfach zu schwierig - für die Elfen.

Seltsame Geschichten hatte ihr Gunnar erzählt, von Fischern, die in raue See geraten wären und dann von Elfen gerettet wurden.

Aber kaum seien sie an einer bisher unbekannten Insel gelandet, da hätten sich die Elfen in junge Frauen verwandelt. Den Fischern wurde das alles ziemlich unheimlich und nach einem Jahr packten sie ihre Sachen und fuhren wieder nach Hause. Allerdings war ihr Aufenthalt nicht ohne Folgen. Die Elfen hatten gesunde Kinder von den Fischern bekommen und waren ziemlich wütend, dass die Männer jetzt das Weite suchten.

Aber als sie schließlich wieder zu Hause angekommen waren, hatten sie sich innerlich verwandelt. Man hatte sie dort bereits für tot erklärt. Ihre ursprünglichen Frauen hatten inzwischen andere Männer geheiratet und mit denen schon Kinder, die Fischer wollten deshalb zurück auf die einsame Insel zu ihren Elfen, doch die Insel gab es nicht mehr. Sie war einfach verschwunden. Aber niemand hatte von dieser Insel jemals gehört. Doch alle Männer schworen, dass sie mehr als ein Jahr auf dieser Insel bei den Elfen gewesen seien. . .

Einerseits hielt Milena die Isländer, die an solche Sachen glaubten, für harmlos geistesgestört, andererseits fand sie das alles doch unterhaltsam. Wenn beide auf dem Sofa herumlagen und Gunnar mit seiner rauchigen, dunklen Stimme ihr solche Geschichten erzählte - einige flüsterte er ihr ins Ohr - dann kribbelte es ihr am ganzen Körper. Er konnte solche Geschichten gut erzählen und das passte auch hierher auf die Insel, besonders im Winter. Jedenfalls schmiegte sich Milena dann immer dicht an ihn, sie spürte seine Wärme und das gefiel ihr. Zu Hause lag ihr Mann nach der Arbeit im Bett. Hatte was an Wodka im Blut und schnarchte.

Mit Gunnar war das Leben interessanter. Doch der ist jetzt in Lisboa. Da hat er sich eine Portugiesin aufgegabelt und erzählt ihr von seinem Roman, den er schreibt und macht sich bei ihr wichtig. Milena fühlt sich verunsichert. Im Prinzip würde sie gleichzeitig hier und dort sein, am liebsten hätte sie ihren Mann und gleichzeitig Gunnar. Beide richtig fest. Den einen für den Alltag, den anderen für die anderen Tage, aber nicht einen hier und den anderen dort.

Lisboa

Die portugiesische Apokalypse. Fado, schwermütig von tiefer Sehnsucht getragen. Sagt man - und so ist es auch.

Juana hat Gunnar in eine Fado-Kneipe mitgenommen im *barrio alto*. Amalia Rodriguez sang hier Lieder von Maria Cervera, die seit 130 Jahren eigentlich schon tot ist. Und doch nicht. Gunnar kommt sich vor, wie in einer Zeitmaschine. Juana schaut ihn an. Sie empfindet ähnlich. Beide sind sich sehr nah und fern zugleich. Das verbindet. Denn hier geschieht im Fado Leidenschaft, Liebe, Sehnsucht, Hoffnung und Verzweiflung.

Das ist . . . Gunnar schaut Juana an. Er schaut in ihre dunklen Augen, die seltsam leuchten. Sie streckt ihre Hand aus. Der Fado schwebt im Raum. Er geht über die Erde, mit dem Wind und aufs Meer. Der Fado ist Gesang des Meeres und gleichzeitig Klage, auch über verratene, vergangene Liebe. Er ist ein Teil von Lisboa, er besingt Schicksal, Scheitern und Verlust.

Die Fadistas singen von der *saudade,* einer Mischung aus Melancholie, Weltschmerz und Sehnsucht. Gunnar will darüber schreiben, aber wie kann man über Musik schreiben? Juana erzählt ihm von Amalia Rodrigues, von ihrer rauen Kehle. Und sie erzählt ihm vom mythischen Lebensstil in Lisboa, dieser Mischung aus Bohéme und Tradition, zwischen Wirklichkeit und Traum. Diese Mitte.

Dieses Schweben in der *Tristesse.* Das ist Fado.

Juana streicht sich durch ihr schwarzes Haar und schaut Gunnar an. Es liegt Zärtlichkeit und sanfte Gewalt in diesem Blick. Auch Abschied.

Die Menschen auf dem Schiff sind irgendwann allein auf dem Meer. Verklungen ist der Gesang der Fadistas. Allein dieses Verklingen. Die Gesänge der Sirenen, die Lockrufe von Circe und das Warten von Penelope . . .

Gunnar reitet auf der Zeit, wie immer.

Málaga - Juli 1968

Früher Vormittag. Gunnar ist auf dem Schiff von Málaga nach Barcelona. Weicher, milder Sonnenschein. Das Licht im Dunst. Selten im Juli.

Etwas über drei Monate ist er in Málaga gewesen, hatte einiges geschrieben, dann kam Vera und brachte etwas Ordnung in seinen Laden. Sie war Anfang dreißig, er Mitte zwanzig.

Vor einer Woche flog sie zurück nach Frankfurt.

Als sie weg war, fehlte ihm seelisch alles. Ganz Málaga wurde für ihn zum Schwarzen Loch. Die Dinge um ihn herum waren ihm von einem Moment zum anderen fremd, manche sogar feindlich. Er saß im Café herum. Wie freigespielt. Das war kein Abschied, das war ein Absturz.

Vera hatte er vor ein paar Jahren in Island kennengelernt. Sie stand eingepackt im Daunenmantel auf dem großen Felsen bei Vik und schaute übers Meer. Er sprach sie an: „. . . wenn man von hier aus immer geradeaus nach Süden fährt, erreicht man die Antarktis und den Südpol. Ohne vorher auf anderes Land zu stoßen."

„Wahnsinn," sagte sie, „wie groß doch das Meer ist!" Vera war damals allein in Island unterwegs. Das machen Frauen selten. Sie hätte sich mit ihrem Mann arrangiert, sagte sie.

Zuerst schrieben sie sich. Jeden Tag. Später trafen sie sich sporadisch. Irgendwann entstand einiges zwischen ihnen.

Nicole - erste Begegnung

Gunnar steht an der Reling. Neben ihm eine junge Frau.

Sie hat eine Zigarette in der Hand. Sie lächelt ihn an, er gibt ihr Feuer und schaut sie an. Sie kommen ins Gespräch. Sie ist Französin. Er unterhält sich mit ihr auf Spanisch, so gut es geht.

Sie trägt ein Kleid aus fließender Seide mit Gürtel. Die dunkelbraunen, dichten Haare reichen ihr bis auf die Schultern, ihre Figur ist sinnlich, ihr Gang ist sinnlich und doch wirkt sie auf ihn wie eine Frau, die man auf dem Markt beim Einkaufen treffen könnte. Flache Schuhe, kein sichtbares Make-Up.

Ihr Blick ist irgendwie geheimnisvoll, ja magisch. Wie eine Mischung aus Circe und Penelope, denkt er.

Zwischen beiden entsteht schnell das ungewisse Schwirren, das um sie herumflattert, sich mal hier und mal da hinsetzt. Wie ein kleiner Vogel.

Sie heißt Nicole, sagt sie ihm, und schreibt sich mit einem "El". Sie habe einen spanischen Vater ihre Mutter sei Französin und sie lebe in Paris.

Zeit *ist rätselhaft. Vergangenheit kann schlagartig wieder lebendig werden, als Balance zwischen Wirklichkeit und Traum.*

So entstehen verwickelte Zeit-Welten, überlagern sich, verweben sich, bilden Patch-works, wirken in die Gegenwart und bilden dort Parallelen.

Einige Bilder sind so dicht, dass Gunnar manchmal meint - Vera und Nicole - stünden direkt vor ihm. Ihr Gang und Lächeln, der Duft ihrer Haut, der Klang ihrer Sprache . . .

Barcelona

Sie kommen am späten Nachmittag in Barcelona an. Er fragt Nicole: „. . . adonde vamos" - wohin gehen wir. Sie: „al hotel. . . "

Dann erzählt sie ihm, dass sie mit einigen Männern in die Ferien gefahren sei; doch diese Männer seien nichts als gute Freunde gewesen. Er glaubt ihr. Keiner von denen erschien ihm eifersüchtig. In Barcelona fuhren sie mit einem Taxi in ein kleines Hotel. Gleich gegenüber hielt der Europa-Bus, mit dem Gunnar am nächsten Tag weiterfahren wollte.

Hier verbringen sie ihre erste gemeinsame Nacht. Diese Nacht dauert bis zum anderen Morgen. Das Zimmer war bescheiden, besser gesagt: ziemlich heruntergekommen. Es standen darin vier unterschiedlich hohe Betten. So als ob die dort abgestellt wären. Das ganze Ambiente war für reine Übernachtungen gedacht.

Am nächsten Tag – es war ziemlich graues Wetter – stand sie am Fenster, winkte ihm zu, er rief ihr auf Spanisch noch etwas rauf. Abschied, Schmerz auf beiden Seiten.

Die Haut stimmte. Haut kann sprechen, sie kann verbinden und trennen. Das Hautgefühl finden, es auskosten. Die Haut trägt die Düfte des Körpers. Der Duft ihrer Haut, der Klang ihrer Haut . . .

Vera und Nicole

Vera war anders, weniger kreatürlich-sinnlich als Nicole, eher wie eine Ballerina. Intellektuell und doch anschmiegsam . . . Und Vera sprach etwas schwedisch. So konnten sich beide auch gut unterhalten. Sie wird ihn geliebt haben. Sonst hätte sie nicht diesen Aufwand getrieben, ihn zu sehen, sich mit ihm zu treffen. Sie verlor nie viele Worte, doch dann stand sie da, lachte ihn an und das nach einigen tausend Kilometern Reise. Wenn sie nur einen anderen Mann gewollt hätte, den hätte sie leichter finden können.

Nicole wollte wahrscheinlich nur den Mann in ihm und den hatte sie ja auch bekommen. Ganz sicher war er sich bei Nicole aber nicht, denn es bleibt immer etwas an Rätsel hängen. Zum Beispiel sein Unfall. Er hatte in einer Brauerei gearbeitet, einfach um Geld zu verdienen. Ein Mann muss was an Geld haben, so ist das nun mal. Er fiel beim Abladen von Bierkästen vom LKW und brach sich die Kniescheibe. Lag dann im Krankenhaus und da kam Nicole von Paris nach Reykjavik, um ihn zu trösten. Sie hatte allerdings ihre Hand unter seiner Bettdecke und streichelte ihn.

Vera war schlau. Sie war wie eine große Katze. Nicole erschien ihm ausgehungert nach Liebe und Zuneigung und nahm ihn anfangs wie er war. Doch später versuchte sie ihn zu erziehen. So wie es viele Frauen immer wieder versuchen. Vera machte das nicht.

Vera/Gunnar in Málaga

Vera flog zu ihm nach Málaga. Das machte sie so: Sie ging zu ihrem Frauenarzt in Frankfurt und ließ sich von ihm eine „Kur" verschreiben: Sie sollte sich in warmen Sand eingraben und das an der Costa del Sol. Jedenfalls erzählte sie das Gunnar. Doch sie war da, bei ihm. Das allein zählte.

Und dann war da vorher noch eine sehr romantische Geschichte: Vera und Gunnar hatten vereinbart, jede Nacht, zu einer bestimmten Zeit, die Venus anzuschauen und dabei aneinander zu denken.

Sie wollten sich über die Venus ganz bewusst aneinander binden, aneinander denken. Also miteinander über ihre Gedanken sprechen. So eine Art Sphären-Telefon. Zu einer ganz bestimmten Uhrzeit. Dazu suchte jeder sich irgendwo ein ruhiges Plätzchen und dann schickten sie sich gegenseitig ihre Gedanken 'rüber. Sie schauten auf die Venus und dann gings los. Es war wunderbar, das hat funktioniert.

In Málaga lebte Gunnar in einer ehemaligen Waschküche in der Strachan 6. Das war ein Häuschen auf einem großen Haus. Mit riesiger Dachterrasse. Vera gefiel das und sie organisierte gleich den ganzen Haushalt, denn, ihr Ehemann hatte ihr so um 2000 DM mitgegeben und gemeint, wenn das Geld alle sei, solle sie zurückkommen. Hier in der Strachan 6 konnten sie jetzt billig leben. Endlich gab es keine Fernliebe mehr. Vera wollte aber auch ausgehen und sich und ihre schönen Kleider zeigen.

Er erinnert sich an einen wahnsinnig schönen Rock. den sie ganz stolz mitgebracht hatte. Hand-genäht, wie *haute couture*. Der war weit, ziemlich schwer und mit Pailletten und Perlen bestickt. „Den müssen wir unbedingt ausführen, versprichst du mir das?"

Sie hatte den Rock aus Panama mitgebracht. Vor ein paar Jahren war sie mit ihrem Mann nach Neuseeland gefahren. Er hatte mal auf einem Dampfer gearbeitet. Ganz unten. So ist er dann auch nach Neuseeland gekommen, aber jetzt wollte er mal ganz oben fahren. Mit ihr. In Panama hatte das Schiff angelegt und dort kaufte sie sich diesen umwerfend schönen Rock.

Gunnar führte sie damit mal ins EL PIMPI aus, das ist ein Club in Málaga und auch mal auf einen Empfang des Bürgermeisters.

Vera war eine Schönheit. Sie fragte ihn häufig: „Na, wie seh' ich aus? Sag mir die Wahrheit, du bist Künstler, ich nehm' dir keine Kritik übel."

Irgendwann kaufte sie sich einen großen Sonnenhut. Der stand ihr prächtig. Als sie oben waren, zog sie sich aus und spazierte nur mit dem Hut auf dem Kopf über die Dachterrasse. Drum herum war ja die Stadt, aber sie meinte, wenn eine Frau einen Hut aufhabe, dann denken alle, sie sei komplett angezogen. Keiner würde schauen. Meinte sie.

Nicole war anders. Weniger frivol, aber irgendwie sinnlicher als Vera.

Gunnar/ Nicole - auf dem Schiff

Nicole fragt ihn jetzt aus:
„Was hast Du denn in Málaga gemacht? Bist Du Tourist? Nein, das bist du nicht.

Bist du Geschäftsmann? Nein das bis du auch nicht. Lass mich weiter raten.

Bist Du ein Hippy? Nein, so richtig bist du das auch nicht. Also ich weiß es nicht."

Gunnar beantwortet ihre Frage einigermaßen.

„Also ich bin nach Málaga gegangen und um mich vom Flamenco infizieren zulassen, doch dann bin ich beim Tango hängen geblieben. Inzwischen geht das schon ganz gut. Für einen Isländer, meine ich."

„Ein Isländer bist du also!"

„Ja, und ich liebe den Tango argentino. Willst du mal ein paar Schritte mit mir tanzen?"

„Jaa!?"

Ich fange mit rechts nach hinten an. Halte dich körpernah an mir fest! Und deine Hand um meinen Nacken. Du musst mich wollen und gleichzeitig eine gewisse Distanz haben. So kommt der Tango in Gang. Was hast du denn für Schuhe an? Erstmal den Grundschritt. So ja, das geht doch schon. Nicht wie in der Disko. Nein, der Tango ist Hoffnung und Verzweiflung gleichzeitig. Er ist bittersüß, eher etwas bitter. Und reine Poesie. Da kannst du Tränen, Schande, deine Ekstasen, Sehnsüchte und dein Scheitern rein packen. Deine Gefühle müssen sichtbar sein - sichtbar . . . !"

„Du gehst ja gleich ran. Ich kann eigentlich nicht richtig tanzen . .

„Ich konnte es auch nicht. Man muss sich nach der

Musik bewegen, im Takt bleiben nennt man das und tanzen ist, ja, was ist tanzen eigentlich?

Also Tango ist für mich getanzte Poesie. Prosa, das ist der Alltag, da herrschen andere Dinge, der Zweck. Tango ist Dichtung, das ist nicht nur ein Tanz. Wenn du seine Lieder hörst und verstehst, dass Liebe und Verzweiflung im Spiel sind, wirkt das manchmal etwas kitschig. Doch das gehört dazu. Liebe, Lust und Leidenschaft sind irrational, bis zum Gehtnichtmehr. Die meisten Lieder handeln deshalb von gebrochenen Herzen und zerbrochenen Träumen. Liebe - das ist sehr häufig verlorene Liebe, verlorene Leidenschaft, verlorenes Glück. Das ist ein Abenteuer, wo man schnell scheitern kann!

Ich war in *El Palo* in der Nähe von Málaga, da habe ich alte Tango-Lieder ausgegraben. Nachts, manchmal bis zum frühen Morgen. Ein Lied fängt an, indem der Sänger versucht, sich an den Namen der Geliebten zu erinnern. Er hat mit einer Frau getanzt und sich in sie verliebt. Doch dann hat er sie aus den Augen verloren.

Der Tango zeigt solche Verluste, das Scheitern, das dabei immer geschieht.

Tango

*Heißt Du vielleicht einfach Maria !
Ich weiß nicht, ob Du das Echo eines alten Liedes warst,
aber vor sehr langer Zeit warst Du zutiefst mein, in einer traurigen Landschaft,*

ich war ohnmächtig vor Liebe

*Der Herbst brachte Dich, durchnässt von Leid, Dein armes Hütchen und Dein brauner Mantel,
Du warst wie die Straße der Melancholie, wie Regen . . .
Regen über meinem Herzen!*

*Maria!
In den Schatten meines Zimmers ist es der Schritt, der zurückkehrt.*

*Maria!
Und es ist Deine Stimme, fein und traurig, an dem Tag,
als Du sagtest: "Es ist nichts mehr zwischen uns beiden."*

*Maria!
Wenn sie nur eines Morgens durch die Straßen des Abschieds zurückkäme . . .!
Deine Augen waren Häfen, der Horizont von Träumen mit der Ruhe einer Blume.
Als ob Du eine Landschaft der Melancholie warst, wie Regen . . . Regen, auf der grauen Straße. „Heiißt Du vielleicht einfach Maria!"*

Im Tango

Wird häufig der Schmerz einer verlorenen Liebe beschwört. Man kann alles an Herzleid da 'reinpacken.

Wir können ja mal zusammen tanzen, ganz leicht, nicht kompliziert, aber mit Gefühl. Und jetzt auch ohne Herzleid. Was noch nicht ist, kann ja noch kommen."

Er lacht.

Nicole: „Ich bin keine Tango-Tänzerin. Ich bin Psychologin und beurteile Bewerber beim Arbeitsamt in Paris."

Gunnar: „Nein, entschuldige, dass ich dich gleich mit Tango überfallen habe. „Wenn das Herz voll ist, läuft der Mund über," sagt ein Sprichwort,
si el corazon es lleno, la boca . . . ,

nein, das heißt auf spanisch so:
„de la abundancia del corazon, habla la boca."

„Und auf Isländisch?"

„Das lassen wir jetzt mal"

Nicole

hat sich inzwischen etwas anderes angezogen.

„Ah, Nicole, jetzt sind die Schuhe richtig. Nicht zu hoch, aber auch nicht zu flach, eigentlich braucht man richtige Tanzschuhe, aber diese gehen.“

Nicole unterhält sich mit Gunnar jetzt über Tango. Mit einem Isländer, der unterwegs ist, das Meer, die Sehnsucht, Liebe, Leidenschaft und alles was damit zusammenhängt, zu erfahren. Der Zufall treibt ja allerhand auseinander aber auch einiges zusammen, nur man kann sich natürlich nie auf einen glücklichen Ausgang verlassen.

„Die Schuhe stehen dir. Wir könnten hier auf dem Schiff schon mal ein paar Schritte üben. Also, ich mach' dir mal den Grundschritt vor. Zuerst mache ich einen Schritt mit rechts zurück und du musst dann deinen Schritt mit links nach vorn machen, danach musst du dann gleich seitlich weiter machen. Parallel zu mir.

Sie tanzen ein paar Schritte.

„Du kannst ja tanzen! Du hast mich angelogen. Du tanzt wunderbar. Auch ohne Musik."

Durch ihr Kleid spürt er ihren Körper. Und sie spürt seinen. Es ist Abend geworden. Das Schiff hat schon längst die Hohe See erreicht. Ein kleines Schiff, weiß gestrichen, romantisch wie viele Schiffe. Spanische Schiffe werden häufig nach Städten benannt. Dieses heißt "Ciudad de Valencia". Die Deckplanken sind aus Holz, das macht es sympathisch. Man kann gut darauf tanzen.

Nicole und Gunnar haben jetzt alle Zeit der Welt und gehen auf dem Deck herum, lassen sich den Wind übers Gesicht wehen und denken dabei absolut an nichts. Für sie fährt das Schiff nach Irgendwo im Nirgendwo.

Wieso haben viele Schiffe diesen Flair an Romantik? Ich erinnere mich an Filme mit ähnlichen Szenen. Schiffe sind häufig Aufbruch, zeugen von Entdeckungen, von Abenteuern, von verwegenen Kapitänen, von geheimen Ladungen, blinden Passagieren und sie können scheitern, versinken. Nichts ist so ergreifend wie ein Schiffbruch.

Und dann die Liebenden! Sie stehen vorne im Bug. Halten sich gegenseitig fest. Sie sind auf der Fahrt gegen den Horizont, gegen die Zeit, aber auch mit der Zeit und in der Zeit. Geht man ans Heck des Schiffes erscheint die Vergangenheit, gerade noch greifbar. Vorne am Bug ist Gegenwart und gleich darauf die Zukunft. Beide sind greifbar. Das ist es! Die Zukunft ist auf einem Schiff irgendwie ganz nahe an der Gegenwart, sie ist in der Luft, im Wind, über dem Wasser, im Meer. Alle Zeiten sind hier dicht nebeneinander, kreisen umher und spielen mit dir.

Nicole/Gunnar - auf dem Schiff

Jetzt noch mal, den Schritt. Prima. Geht doch."
Sie will aber etwas anderes wissen: „Sag mir jetzt endlich, was machst du eigentlich beruflich? Womit verdienst du dein Geld ? Vom Romane schreiben kannst du ja wohl nicht leben."

„Nein, ich bin Hauptsekretär beim Finanzamt."

Sie: „Ist das wahr? So siehst du aber nicht aus."

„Wie sehe ich denn aus?"

Sie: „Hm. Schwierig."

„Ich will dir die Wahrheit sagen, ich kann schweigen. Ich bin der große Schweiger."

„Geheimdienst?"

„So in etwa, jedoch ohne Dienst und ohne geheim."

Sie: „Jetzt sag', was machst du?"

„Ich bin ein Rumtreiber – du kannst auch sagen, ein Reisender - und schreibe über die Liebe an sich und im besonderen, streng nach wissenschaftlichen Vorgaben."

„Und die Liebe, was bewirkt die - wenn sie überhaupt etwas bewirkt, außer das Gehirn durcheinander zu bringen?"

„Ich denke, Liebe entsteht durch eine sehr eigene Dramatik der Gefühle, sie ist ein Sog zu neuem Leben, hinter dem wir alle her sind. Gleichzeitig flirtet sie irgendwie mit dem Tod. Sog und Dramatik sind allerdings noch kein Weg. Der Weg der Liebe liegt in der Zeit - und der ist paradox, irrational, nicht denkbar. Sie ist das größte Gefühl der Welt.

In Erotik und Sexualität, in der Liebe der Haut; diese ganze Sinnlichkeit und was weiß ich noch alles, da lebt die Zeit direkt in uns. Das spüren wir alle, die wir lieben und deshalb sind wir da ja auch hinterher, aber gleichzeitig haben wir davor auch Angst.

Man braucht dazu Kraft und vor allem Leidenschaft. Ohne sie ist Liebe wie ein seichtes Gewässer. Beide Momente - das Weibliche und das Männliche stehen sich in der Liebe ja antagonistisch gegenüber. Und man muss sich darin auskennen. Ja, das erfordert einiges an Erfahrung.

„Und, hast Du die?"

„Nein, keineswegs. Wie sollte ich auch?

Nun, die Liebe, Die Schwerkraft des Alltags ist hier erst mal ausgeschaltet, denn die vernichtet sie.

Leidenschaft ist wichtig. Doch sie kann nicht einfach bestellt werden. Sie muss von allein entstehen. Wie dieses Wilde der Zeit? Doch man sollte die im Blut haben. Sonst geht das nicht. Sonst entstehen da schnell ein Reihenhaus, zwei Kinder und ein Hund.

Wir alle wollen Liebe ewig bewahren, obwohl dieses irre Schweben nur kurz sein kann. Das ist wie der Tanz auf einem Drahtseil. Das ist wirklich gefährlich und man wird dabei scheitern. Irgendwann ganz sicher. Es gibt da keinen sicheren Hafen

Der Tango zeigt dieses Scheitern. Die Melancholie. Den Schmerz. Das bitter-süße Empfinden, bevor das Schweben zu Ende geht.

Getragen auf den Flächen von Lügen und Wahrheit, fällt man zurück aus den Wolken auf die Landebahn oder den rauen Acker. Das ist dann das Ende eines Traumes, das Ende einer Musik, man steht wieder im Verkehr auf der Straße, quält sich nach Hause, macht sich etwas zu essen, schaltet den Fernseher ein, legt sich ins Bett, schläft bis der Wecker klingelt.

Tango ist allerdings viel mehr als ein Traum. In ihm begegnen sich Beginn und Ende zugleich. Auflehnung, eine Rebellion zu zweit. Das muss getanzt werden. Liebe muss verwirklicht werden. Jede Idee, jeder Gedanke, warten ja auf ihre Verwirklichung.

Wir wollen Sinnlichkeit und Schönheit tanzen. Diesen Schub leben. Ohne den bleibt Tango formal, es fehlt ihm der Grund. Ihm fehlt dann Kraft. Das ist wie in der Musik, wie in der Kunst, da kann man technisch alles richtig machen und es fehlt trotzdem etwas sehr Wichtiges. Manche nennen das die Aura.

Und man kann technisch einiges falsch machen und das, was man sagen will, wird trotzdem verstanden. Weil die Aura da ist. Schönheit will Liebe auslösen, Bewegung, das Leben. Das ist Eros. Der ja bereits seit Jahrtausenden durch die Menschheit geistert.

Circe und Penelope. Die eine will ihn verführen, die andere wartet treu auf ihn, bis er zurückkommt.
Der Sieger bekommt die Schönste. Helena! Menelaos

war irre vor ihrer Schönheit: „Viel schöner bist du, Helena, als mein Traum dich träumte. Unendlich schöner. Begehrenswerter, als irgendein Traum dich träumt . . . und mein!"

Helena verkörperte Schönheit, den Auslöser für die Eroberung von Troja. Bis heute ist dieses Ereignis noch in den Köpfen."

In der Schönheit liegt Zauber. Alle Künste zaubern. Durch ihre Aura. Aber Schönheit darf niemals ganz makellos sein. Sonst wirkt sie steril. Sie muss in die bestehende Zeit hineinreichen, um zu wirken. Dann kann sie wählen und auswählen, Bewerber verwerfen oder sie akzeptieren. Zauber ist nicht käuflich. Doch er dauert nicht ewig, er wird und muss scheitern, um wieder neu zu beginnen. Der Zauber steht deshalb parallel zum Leben, er begleitet es, er bewirkt es. Fehlt dieser Zauber, versickert das Leben im Irgendwo.

Jede Frau will beim Mann etwas auslösen. Und jeder Mann sucht sie, die Frau, die in ihm etwas auslöst, seine Verwandlung.

Im Tango haben sich zwar beide gefunden, doch da bleibt die gegensätzliche Spannung der beiden Geschlechter; beim Tanz gleicht sich das aus, aber nur für kurze Zeit.

Und deshalb ist dieser Tanz so erotisch, denn hier verwischen sich die Unterschiede. Allerdings können sie schnell wieder da sein.

Der Tango zeigt Sehnsucht, Romantik, er spielt Abschied, Kraft und Geschicklichkeit, ja Virtuosität im Umgang mit Dissonanz und Melancholie und begleitet das Scheitern.

Vor allem verwischt er die Unterschiede zwischen den Geschlechtern. Nur . . . ?

Nicole: „Und welche Rolle spielt die Sehnsucht?"

Gunnar: „Sehnsucht ist eine imaginäre Brücke.“
Wie im Tango von Silvia Quintas.

Tango

Meine Träumerei wird gestreichelt vom lieblichen Summen deines Seufzens.

Wie lacht das Leben, wenn deine schwarzen Augen mich anschauen: und wenn dein leichtes Lachen, das wie ein Gesang ist, mir gehört . . . sie beruhigt meine Wunde, alles, einfach alles, vergisst man dabei.
An dem Tag, an dem du mich liebst, wird sich die Rose für das Fest mit ihrer besten Farbe kleiden. Die Glocken werden dem Wind sagen, dass du schon mein bist und die Springbrunnen, ganz verrückt, werden deine Liebe erzählen.

In der Nacht, in der du mich liebst, werden die eifersüchtigen Sterne uns vom Himmel zuschauen und ein mysteriöser Strahl wird in deinem Haar nisten, neugieriger Leuchtkäfer, der sehen wird, dass du mein Trost bist.

An dem Tag, an dem du mich liebst, wird es nur Harmonie geben, die Morgenröte wird hell sein und die Quelle froh, die ruhige Brise wird das Rauschen von Melodien mitbringen und die Brunnen werden uns ihren Gesang vortragen.

An dem Tag, an dem du mich liebst, werden die Vögel ihre Stimmen versüßen, wird das Leben aufblühen, wird es keinen Schmerz geben."

Nicole - Paris

Wir saßen in der kleinen Wohnung von Nicole in Paris. Michael Langer, Maler aus München, noch ein Maler, dessen Namen ich vergaß. Wir frühstückten. Milchkaffee und Croissants. Es gab da einen Hauch von etwas angespannter Stimmung.

Nicole saß da mit ihrer dunklen Haarpracht. Sie war ganz einfach da. Michael Langer sagte dann ziemlich leise, wie vor sich hin: „Diese Sinnlichkeit, wie sinnlich ist diese Frau!"

Ich schenkte ihr damals einen kleinen Diamantring, den ich bei einem Trödler gekauft hatte, als Verlobungsgeschenk. Wir waren wieder einmal unterwegs im *quatier latin* und stritten uns über absolut sinnloses Zeug. Da gab sie mir brüsk den Ring zurück und ich schmiss ihn vor Wut auf die Straße. Anschließend suchten wir danach stundenlang. Einige Passanten halfen uns dabei. Schließlich, so gegen vier oder fünf Uhr morgens fanden wir den Ring wieder. Er lag in einer Ritze zwischen dem Kopfsteinpflaster. Ich gab ihn Nicole zurück und sie steckte sich ihn wieder an den Finger.

Im Nachhinein frage ich mich, was wir damals falsch gemacht hatten?
Oder war das alles eine Entscheidung, nichts mehr zu entscheiden. Sich ganz und gar dem Leben zu überlassen? Die freie Existenz, die Poesie des Lebens, das nicht mehr einer nützlichen Bestimmung unterworfen ist ? Doch von irgendwas mussten wir ja schließlich leben?

Ich trinke aus Deinem Riss
und falte deine nackten Beine auseinander

ich öffne sie wie ein Buch
in dem ich lese, was mich tötet."

Georges Bataille.

Tango

Heute, nachdem ich Dich solange nicht gesehen habe, Dich nicht gesprochen, schon müde davon, dich immer wieder zu suchen, fühle ich, dass ich sterbe,

langsam sterbe, weil ich fühle, dass Du mich vergessen hast

und auf die Kälte meiner Stirn wirst Du mich nicht küssen.

Ich weiß, dass Du mich sehr geliebt hast, so sehr, wie ich Dich, aber ich hingegen habe viel gelitten, viel mehr als Du.

Ich weiß nicht, warum ich Dich verloren habe, auch weiß ich nicht, wann das geschah, aber an Deiner Seite ließ ich mein Leben,

und heute, da Du weit weg von mir bist und es geschafft hast, zu vergessen, bin ich ein Abschnitt Deines Lebens, mehr nicht.

Es ist so wenig was fehlt, um mit dem Tod zu gehen. Meine Augen werden Dich jetzt nicht wieder sehen, nie wieder.

Vera

liegt in der Sonne auf einem Feldbett, das halb im Innern der Waschküche steht, weil sie ihr Gesicht im Schatten haben will.

Sie hat nichts an. Ich habe einiges eingekauft, Obst, Gemüse und Fisch. Damit gehe ich in die Küche und packe das auf den Tisch.

Da dreht sich Vera zu mir: „. . . komm, komm," stöhnt sie. Ich drehe mich um, sie spreizt die Beine, sieht mich wie weggetreten an und keucht: „. . . komm, komm."

Ich reiße mir die Kleider vom Leib. . . Und dann . . . ist sie da!

Ich will noch nicht. Sie soll noch einmal. Doch ich bin ziemlich nahe dran und dann ist es mir egal, ich lege los und jetzt sind wir eine einzige Glut, es bricht aus uns raus, irre, ich mach immer noch weiter, obwohl ich gekommen bin, aber mein Schwanz ist noch hart . . . sie bäumt sich auf, noch einmal, wir stürzen beide vom Feldbett und bleiben auf den Fliesen liegen. Kein Wort, nur schweres Atmen, glasige Blicke.

Wir fallen zurück, sie haucht etwas Unverständliches . . .

Langsam, sehr langsam, steht sie nach einer Weile auf und schaut mich vielsagend und sehr zärtlich an.

„Komm, nimm einen Eimer Wasser und kipp mir den über den Kopf. Aber langsam."

Wir haben ja keine Dusche hier oben, aber Wasser gibt's genug, ich kippe ihr einen Eimer nach dem anderen über ihren schönen Körper und sie wäscht sich, sie wäscht sich überall mit Genuss und ich schau ihr zu und genieße das.

Danach wirft sich noch ein leichtes Kleid über. „Los, zieh dir was an, wir gehen jetzt unten einen Kaffee trinken . . ."

Wir sitzen im Café. Es ist nichts los auf der Straße, Siesta. Wir sitzen ganz allein vor dem Café und schlürfen jeder einen doppelten Espresso und ein Glas Wasser. Vera hat kein Höschen an. Ich sage ihr das. Sie meint: „Ach was . . ." Als wir aufstehen, ist ihr Kleid hinten feucht. Sie fasst das Kleid von hinten, knüllt es zusammen und geht so mit mir zurück zur Strachan 6.

„Bevor eine Frau sich mit einem Mann trifft," sagte sie mir mal, „muss sie sich von einem anderen gut durchvögeln lassen. Dann bekommt sie den gewissen Schmelz auf die Haut und ihr Blick wird auch . . ."

Wer würde es wagen, der Wollust in ihren

Erniedrigungen eine Bedeutung zu verweigern, die mit den Interessen der Vernunft nicht zu vergleichen sind?

Wer würde es schließlich wagen, unter dem Gesichtspunkt eines ewigen Augenblicks, in der Wollust nicht die Verzückung sehen zu wollen,

ohne die das Göttliche, das beängstigende, grausame, verneinende Göttliche des Menschen, nicht einmal hätte gedacht werden können.

Georges Bataille.

Nicole/Gunnar – auf dem Schiff

Gunnar hat einen Kassettenrekorder aus seiner Kabine geholt.

„Hör mal rein, Nicole: Astor Piazzolla und sein Tango nuevo. Tango das war seinerzeit eine Musik, die in Bars und Bordellen gespielt wurde. Astor Piazzolla hat um die Melancholie des klassischen Tangos eine neue Wehmut gewebt. Das ist manchmal nicht mehr zum Aushalten, wenn man das aber öfter gehört hat, wird das zur Sucht.

Tanzen werde ich danach aber nicht. Da nehmen wir etwas gängiges. Hier, Carlos Gardel. *Silencio en la noche*, danach habe ich mal im Fernsehen getanzt."

„. . . was, du warst im Fernsehen?!"

„Ja, im Laufe des Lebens, kann einem auch so 'was zustoßen. Der Film hieß SAHARA-TANGO und lief im Dritten.

Diese überzeugende, ja, wissende Wehmut. Da ist nichts planbar und so tanzen eigentlich zwei Fremde gegen ihr Fremdsein.

So erscheint der Tango ambivalent, wie flüchtige Liebe, bei der alles passiert, was passieren muss, aber anschließend geht man doch auseinander. So, als ob das ganze Leben auf wenige Minuten zusammengedrängt wird, sich zeigt, sich löst, sich aufbaut und dann in glänzender Form und noch glänzender Sinnlichkeit sich selbst spiegelt und abbricht, wie ein Traum, der sich aus seinem eigenen Reich in die Realität gewagt hat und dann gleich wieder verfliegt.

Zwei Welten! Zwischenwelten. In jedem Tango tanzt der Abschied von Anfang an mit. Man braucht das Gefühl dafür, man braucht diese Wehmut, diese Verzweiflung, dieses Aufbegehren.

Ohne das alles kann man trotzdem Tango tanzen, aber eben nicht mit Leidenschaft. Denn mit Leidenschaft tanzen im Tango beide ihr Leben. Er tanzt um Liebe, er tanzt um ein Mädchen, das ihm nicht sicher ist, er leidet darunter und daraus entsteht Verzweiflung. Doch auch sie tanzt um ihn. Sie spielen beide das große Spiel.

In ihm tanzt ein Paar sein Paar-Sein.

Der Tango, als Tanz und als Musik, balanciert auf dieser teils unsichtbaren, verschwommenen Grenze zwischen Traum und Wirklichkeit und überschreitet sie. Daher kam auch seine Ablehnung durch die Gesellschaft. Er ist ein Tanz der Dämmerung, auf der Dämmerung, gewissermaßen zwischen Innen und Außen."

Tango

Corrientes 348, zweiter Stock, Fahrstuhl. Es gibt weder Pförtner, noch Nachbarn . . . kleines Stockwerk,

elegant eingerichtet, Klavier, Teppich, ein Telefon . . .

ein Grammophon, das die alten Tangos meiner Jugend beweint, eine Katze aus Porzellan . . .

Und alles im Dämmerlicht, weil die Liebe eine Zauberin ist . . . im Dämmerlicht die Küsse,

im Dämmerlicht wir zwei . . .innen ist es wie in der Abenddämmerung,

wie weicher Samt, das Dämmerlicht der Liebe."

Carlos Lenzi - 1925

Tango/Liebe

Beide gehören zu einer völlig anderen Welt. Deshalb können viele Menschen damit nicht klar kommen, sie verstehen diese andere Welt nicht, sie verstehen die andere Sprache nicht, die hier herrscht, die ganz bestimmte Zeichen setzt.

Andererseits will Liebe jeder erleben. Liebe ist ein Übergang, wie die Dämmerung ein Übergang ist. Doch Übergänge dauern niemals lange, man muss sie erkennen und dann in ihnen sein. Man muss selbst irgendwie Teil dieser Dämmerung werden.

So gesehen, ist Tango ein Partner der Liebe, Teil dieser Verbindung, die zugleich die Trennung in sich trägt. Er wird zur Ambivalenz unseres Lebens. Jeder ist davon betroffen, doch im Tango wird das gezeigt. Das ist der Unterschied. Denn das Leben ist ja gegliedert in Traum, in Imagination und Wirklichkeit. Der Traum wird in der Liebe zum Teil lebendiger Wirklichkeit, über viele Zwischenreiche.

Dann, wenn der Traum verflogen, man allein auf der Straße steht . . ., gibt es:

„Tränenleere Augen, trübe Blicke, vor denen die Dinge verschwimmen. Dunstiges Leben, ohne Weinen und Lachen, wie eine Jahreszeit ohne Wachstum und Auflösung."

Nicole

Da gibt es einen schönen Tango von Ivo Pelay, den er 1943 schrieb. Ich erzähl dir den Text, nein, ich will ihn dir ins Ohr flüstern:

Tango

„Wach' nicht *auf, wenn Du von der Liebe träumst, schönes Mädchen, denn Liebe ist Träumen . . .*

Aufwachen ist das Zerstören der Illusionen und die bittere Wahrheit zwischen den Schatten.

Wach' nicht auf wenn Du träumend lebst, wenn in Deinen Träumen sich die Wehmut entfacht, Dich umschließt und Deine Stimme zum Schweigen bringt.

Träumen, mehr nicht, von einer Welt voller Illusionen.

Träumen, mehr nicht, von einer großen Liebe.
Träumen, dass er Dein ist und nur für Dich lebt!
Träumen, denn es ist traurig, in der Liebe aufgeweckt zu werden.

Träumen, mehr nicht, von unruhigen Nächten,
geheimnisvoll, von Liebe und Glück singend,
zu den Sternen des himmlischen Glanzes fliegen . . .

Wach nicht auf, wenn Du von Liebe träumst
denn träumen ist leben . . .
Aufwachen ist wie das Töten von Hoffnung in
einer grausamen Wirklichkeit . . .

Nicole

War ausgehungert. Damals spürte ich zwar ihre Sinnlichkeit, doch ich verstand sie letztlich nicht. Mir fehlte die Erfahrung. Das sagt man so leicht hin, aber es ist so, als ob man ein Schiff hat und versteht nicht richtig zu segeln.

Ich traf mich mit ihr in Saintes-Maries-de-la-Mer, in der Camargue. Dort hatten wir ein ziemlich großes Zimmer über einem einfachen Restaurant gefunden. Das war für uns eigentlich viel zu groß, es war miserabel eingerichtet, hatte aber ein riesiges Bett, auf dem Nicole sich mit mir vergnügte.

Sie trieb es mit mir, so wie sich ein Hungriger übers Essen hermacht aber gleichzeitig genoss sie mich. Ihre Augen, ruhig aber voll nach innen und gleichzeitig nach außen blickend. Manchmal richtete sie sich über mir auf, verschränkte die Arme hinter dem Kopf, schloss die Augen und bewegte alles, scheinbar selbst die Zehenspitzen, die Hände, den Bauch, die Schultern.

Alles an ihr war fließende Bewegung. Ihr Hunger war großartig. Nicole nahm mich so, wie man einen guten Wein genießt, über den Gaumen fließen lässt, um ihn dann nach und nach zu trinken. Wir waren ein einziger Körper. Dauernd! Auch wenn wir auf der Straße nebeneinander gingen.

Am Strand erholten wir uns von den Nächten. Ich fotografierte Treibholz und anderes dieser Art. Und sie natürlich. Irgendwann - wir trieben uns gerade in der Provence herum - zog sie sich aus und ich machte von ihr ein Foto. Das Beste an diesem Bild war ihr Gesichtsausdruck. Wie die Venus. Verführerisch, lockend, wissend, dass nur der Augenblick zählt. In diesem Moment wusste ich, dass wir uns liebten.

Ich war ihr zwar körperlich durchaus gewachsen, aber intellektuell nicht. Ich wusste nicht, was Liebe eigentlich ist, wie mit ihr umzugehen ist, damit sie einem nicht sofort wieder entgleitet.

Mit Faszination, mit Magie, umzugehen, die immer entsteht, wenn Trauer und Lust zusammen stoßen, dazu braucht man Erfahrung. So ist das nun mal.

Tango

Weil Du nicht mehr da warst, schlossen mich die Schatten ein, dunkle Wirklichkeit meiner Verlassenheit.

Mich rufen die Lerchen in der Morgendämmerung und erniedrigt in meinem Schmerz höre ich sie nicht mehr.
Das Echo Deiner Stimme kam hundertmal zurück.
Funkelnd für mich, träumte ich Deine Augen, Vision der Einsamkeit und des Schmerzes.
Ich singe . . . und Deine Schritte werden nie wieder meinen Weg kreuzen.

Ich singe . . . und in Deinen Händen erbebt keine Zärtlichkeit für mich.

Ich singe . . . denn der Himmel Deiner Augen ist ohne Liebe und ohne Sterne, so bedrohst Du meine Hoffnung.

Ich singe . . . wegen Deiner Liebe, die weit weg von meinem Morgen schläft.

Ich singe . . . wegen der Einsamkeit der langen Nacht, wegen Deiner Stimme, die nicht mehr für den Traum singt, der starb.
Deine Briefe, versteckt in einer Truhe und in einem Buch von Verlaine, Deine weißen Lilien.
Und neben meiner Wehmut liegt der lange Schatten des Nichts. Vision von Einsamkeit und Schmerz."

Homero Manzi

Im Tango

Liegt diese ungeheure Poesie. Wenn Homero Manzi da „vom langen Schatten des Nichts" spricht. Das gibt es doch gar nicht in Wirklichkeit, in der Poesie aber doch.

„Los, Gunnar, tanz noch mal mit mir."

Das sagt sich so leicht für die Frau. Der Mann muss sich dem tänzerischen Können der Frau stellen, er muss gleich gut sein wie sie. Doch davor haben viele Männer Angst.

„Du hast diese Angst aber nicht? Oder?"

„Natürlich hatte ich die auch mal, doch irgendwann ist die einfach verflogen. Getanzt habe ich aber immer gern, wenn die Partnerin stimmte.

Los, jetzt, ganz einfach, ganz locker. Nicht auf die Füße schauen und fass' mich am Nacken, greif richtig zu, ich will dich spüren, du musst mich richtig wollen. Auf Spanisch heißt das *„te quiero".* So, das geht, wir müssen miteinander spielen. Nicht nur tanzen, miteinander spielen, mit den Beinen und Füßen spielen, die müssen sich unterhalten, laufen, weglaufen, hinlaufen, zueinander, auseinander, ja so machst du das gut, lass mich los, halt mich fest, noch fester, noch fester und jetzt locker. Jetzt den *gancho* und dann die *enganches.* Das ist spielerisch, aber vergiss nicht die Distanz.

Nicole

Kam damals aus Paris zu Gunnar nach Aix-en-Provence. Er wartete am Bahnhof auf sie. Sie gingen in ein kleines Hotel, wo sie erst mal ihren Koffer auspackte. Dann stand sie lachend in einem ziemlich einfachen Nachthemd vor ihm. Soweit kann er sich noch erinnern. Hinzu kam die Atmosphäre der Provence. Irrer Sonnenschein. Die Straßen wie ausgestorben. Der Blick vom Hotelfenster über die Stadt. Alles war irgendwie weit, es war aber keine luftleere Stadt, eher eine beseelte Leere.

Und Nicole hatte das gewisse Etwas, ihr Charme, der jetzt aufblühte, in ihn eindrang und sie noch mehr aufblühen ließ, weil sie seine Wirkung auf ihn sah. Sie war verliebt und natürlich scharf auf ihn. Das alles machte sie attraktiv und zugänglich. Besonders morgens, wenn er noch halb verschlafen war, kam sie zu ihm rüber und flüsterte ihm irgendwas auf Französisch ins Ohr, was er wörtlich nicht verstand, den Sinn aber doch und dann noch vorm Frühstück, zum richtig Wachwerden. Nicole war irgendwie unersättlich, sie war ausgehungert, und manchmal sprachen sie sogar vom heiraten. *Una boda pequena*, eine "kleine Hochzeit".

Eine *amour fou* heiratet man nicht, daran geht man bestenfalls zugrunde? Mit ihr wäre das eine Katastrophe geworden. Sie hätten entweder ständig im Bett gelegen oder herumgestritten.

Er ist jetzt ziemlich fertig, sie recht kregel. Sie gehen zum Frühstück. Am besten hätte er sich gleich wieder hingelegt, aber nein, er musste mit ihr in die Stadt. Dort besuchten sie einen interessanten Mann, der einige dressierte Raben hatte. Der konnte angeblich mit seinen Tieren sprechen, nicht auf Französisch, in einer von ihm selbst erfundenen Lautsprache. Er hatte ein schmales Gesicht mit gepflegtem Vollbart und sehr wache Augen, die wechselnd Nicole, Gunnar und seine Tiere anschauten.

Vera

Kam seinerzeit mit mehreren Koffern in Málaga an und zog in ein Hotel, das sie bereits in Deutschland gebucht hatte. Sie trat sehr souverän auf. Später war ihr die ehemalige Waschküche in der Strachan 6 aber durchaus recht.

Gunnar schrieb ihr damals aus Island. Wahn und Träume wurden zu einer eigenen Wirklichkeit. Sie balancierten auf dem Schnittpunkt von einigen Zwischenreichen.

Irgendwann trafen sie sich in Frankfurt. Sie stand am Bahnsteig. Der Zug lief ein. Gunnar trug einen italienischen Nylon-Regenmantel. Der war nicht nur billig, der sah auch so aus. Sie stand da im Ozelot, strahlend schön. Schlimmer konnte der Unterschied nicht sein. In der Nähe ihrer Wohnung im Frankfurter Westend miete sich Gunnar ein Zimmer in einem kleinen Hotel. Zwischendurch kam Vera immer mal vorbei. Sie lagen dann auf dem Bett und schmusten.

Sie bezieht jetzt mit ihren Koffern die ehemalige Waschküche in der Strachan 6. Gegen Abend zieht sie ein weites Nachthemd mit exotischen grün-weißen floralen Mustern an. Es sieht aus wie der Blick in einen Tropenwald. Das ist fast ein Abendkleid, aus kühler Baumwolle mit Seide. Sie meint, damit er was zum Suchen habe. Das stimmt. Als er sich über sie hermacht meint sie: . . . du bist ziemlich stark." Doch im Grunde war sie wesentlich stärker.

Dann verfliegt die Erinnerung . . .

Nicole/Gunnar - auf dem Schiff

Die Frau muss beim Tango eigentlich mehr machen als der Mann. Er führt, er dirigiert, er behält den Verstand zwar, sie umkreist ihn, mit *ochos*, mit *ganchos* und *enganches*, mit *sacadas*. Er hält sie, sie deutet fliehen an, er verhindert das, indem er sie hält, in ihrer Bewegung, von ihm weg und gleichzeitig zu ihm hin, doch beide tanzen ihren Tanz. Im Grunde dominieren beide. Mal er, mal sie. Jeder spielt seine Rolle. Das ist sehr wichtig.

Wenn sie ihn will, greift sie sich ihn. Er weicht aus oder nimmt sie an. Schließlich verschmelzen sie im Tanz. Sie sind dann nur noch ein Paar. Zwei Körper, die tanzend zu einem einzigen werden.

Der Tango ist zu Ende. Man steht nebeneinander. Doch der Tanz hat beide verbunden. Man spürt das Gefühl, das beide umfängt wie ein unsichtbares Seil. Man sieht es am Lächeln von beiden, das tief aus dem Innern kommt, irreal!

Tango ist sublimierte Erotik und einiges mehr, doch die muss man im Blut haben. Fehlt sie, sieht der Tango nicht richtig nach Tango aus. Ist sie zu stark, wird er obzön. Das geht auch nicht. Andererseits ist der Tango immer Umgang mit Träumen zusammen in der Wirklichkeit. Deshalb darf es nie zu hell sein, wenn man ihn tanzt.

Im Tango stellen wir uns letztlich diesem Irrealen, aus dem auch die Liebe stammt, wir tanzen bewusst, wir tanzen dabei das Spiel der Geschlechter. Wir geben diesem Spiel eine Form.

Das ist für die Frau viel mehr, als mit einem Mann mittelmäßig zu schlafen.

Beim Tango kann sie mit einem guten Tänzer ihr Sein tanzen. Das war schon immer ihre Welt.

Tango

Ein Teil des Stadtviertels, dort in Pompeya, schläft gerade am Rand des Bahndamms ein.

Eine Laterne schaukelt an der Schranke;
der vorbeifahrende Zug , das Geheimnis des Abschieds.

Das Gebell der Hunde zum Mond. Heimliche Liebe in einem Hauseingang.

Die quakenden Frösche in einem Tümpel. In der Ferne die Stimme des Bandoneons.

Was wurde aus jener Juana, der Blonden, die ich so sehr liebte? Wird sie wissen, dass ich leide. Seit dem Abend, als ich sie verließ.

Stadtteil des Tangos. Mond und Geheimnis, aus der Erinnerung seh' ich dich wieder.

Das stille Drama der blassen Nachbarin, die noch nie hinausgegangen war, um einen Zug zu sehen.

So beschwöre ich deine Nächte, Stadtteil des Tango, mit deinen Fuhrwerken, die in den Hof 'reinfahren und dem Mond und aus der Ferne die Stimme des Bandoneons."

Nicole/Gunnar - auf dem Schiff

Sag mal Gunnar, wie schreibst du eigentlich einen Roman? Setzt du dich hin, dir fällt was ein und dann schreibst du das? Erzähl' mal!

„Also, Ich fange an zu schreiben, einfach zu schreiben. Denke mir natürlich zuerst einmal ein bestimmtes Thema aus. Doch das Thema muss mir liegen. Später versuche ich dann - nach ein paar Seiten - eine Form zu finden. Dann suche ich Handlungsstränge. Zwei oder drei. Die baue ich dann zusammen, aber mir muss dabei ständig etwas einfallen. Und solange mir immer wieder was einfällt, solange schreibe ich. Das Wichtigste beim Schreiben ist das Schreiben. Und die Handlung natürlich. Die ist bei mir aber nicht nur fiktiv.

Stimmt sie zu großem Teil überein mit dem, was du wirklich erlebt hast?"

„Ja, zum Teil verwerte ich so meine Erfahrungen. Dabei werden Erkenntnis und Emotionales ununterscheidbar. Es geht in der Kunst, in der Musik und beim Tanz aber nicht nur um Emotion; es geht dort ums Ganze. In der Musik geht es zum Beispiel um die chromatische Veränderung eines Tons innerhalb eines Akkords.

Da staunst du! Man darf die Künste nicht unterschätzen. Genauso ist es beim Tanz. Man muss sehr oft üben, bis ein Schritt wirklich sitzt.

Komm, wir machen das jetzt. Wir tanzen jetzt einen *ocho atras con envoltura*. Das ist richtig scharf, muss aber stimmen. Wenn wir heute damit anfangen, kann es sein, dass wir den in einem halben Jahr leidlich beherrschen."

Nicole

Ist ziemlich wasserscheu. Oder es ist ihr einfach zu kalt, obwohl das Wasser hier fast schon lauwarm ist. Auf ihrem Gesicht schweben noch die Spuren der letzten Nacht.

Ich schaue mir den kleinen Tod an, wie er noch in

ihren Augen, in ihrem Körper spielt. Sie hat ja nicht nur matte Glieder. Sie ist matt von der Wollust, die immer noch in ihr steckt, in ihren Gelenken, in ihrem Blut. Daher wirkt sie nach außen müde, doch dieser Schein trügt, in Wirklichkeit wird sie - wenn sich das verflüchtigt hat - alles wieder neu aufladen, sie wird sich an mich ranschleichen, mir 'was ins Ohr gurren, versuchen mich zu verwirren und dann wird sie sich hinlegen, den Blick nach innen und nach außen gleichzeitig. Sie sucht mich, sie will mich, sie will mich irgendwie fressen . . .

Sie legt sich hin, die Beine weit geöffnet und streckt die Arme aus, wie ein Krieger, der sich ergibt. Doch bei ihr ist das reines Locken, sie lockt jetzt mit Hingabe, alles ist sanft fließende Bewegung. Sie ist wie eine Spinne im Netz. Nein, sie ist mehr, gleichzeitig Spinne und Netz. Ich weiß das und streiche über ihre Arme und Beine. Ich küsse sie am Hals unter den Ohren. Ich spiele mit ihr und sie genießt es.

Wir liegen im Schatten. Sie liegt auf dem Rücken, ich aufgestützt daneben. Ich streichel ihr großes Geheimnis, das sich zeigt, ohne dass wir es letztlich verstehen. Sie schließt die Augen und treibt nach und nach und mehr und mehr, wie ein Schiff in Richtung Wasserfall. Ich stehe am Steuer. Dann haucht sie etwas. Langsam senke ich mich über sie und nehme sie immer noch sehr langsam, aber dann regelmäßig, leicht und locker. Ihr Atem wird schneller und schneller, ich treibe sie an den Rand, durch zwei, drei, Stromschnellen und dann über den Gipfel, hinunter in die Strudel, die uns packen, vernichten, zerstören, töten wollen . . .

Doch wir tauchen auf. Das Wasser ist immer noch

riesig bewegt, wir schwimmen, wir schwimmen ans Ufer, setzen uns auf den nassen Sand, schauen uns an. Ich küsse sie auf die Augen und auf die Stirn.

Nach einer Weile richtet sie sich auf küsst mich zärtlich.

„Komm ins Wasser, Gunnar"

Sie steht auf, schwankt noch etwas benommen. „Du Schurke," sagt sie und lacht. Das mit uns, das soll nie zu Ende geh'n. Bis in alle Ewigkeit. Sie küsst mich noch einmal, es ist nur ein Hauch.

Nicole

Trug Kleider aus Seide die sehr weich fielen. Sie waren nicht sehr kurz, jedenfalls gingen sie ihr bis unters Knie. Beim Gehen schmiegte sich der dünne Stoff an ihre Oberschenkel.

Mit ihren schönen, vollen Brüsten musste sie sich also keine Sorgen machen, nur wollte sie anfangs nicht „freihändig" gehen. Später habe ich sie davon überzeugt, dass das sehr schön sei – manchmal. Dann ging sie auch so – aber nur mir zuliebe, wie sie beteuerte.

In Südamerika - log ich, gingen die Frauen alle so in der Hitze herum. Woher ich das denn nun wieder wüsste? Ich sagte ihr, man könne das sehen, weil sich nichts abzeichne.

Aha, also kann man das doch sehen. Egal, die brave Nicole blieb brav. Aber drei oder vier Mal tat sie mir den Gefallen. Ich ging dann rückwärts vor ihr, und sie machte lange, große Schritte, damit ihre Beine zur Geltung kamen. Mit ihren Prachthaaren, dem oben engen Kleid und den blitzenden Augen, war sie eine Augenweide.

Nicole/Gunnar - auf dem Schiff

Eigentlich ist es einfach Tango zu tanzen und doch ziemlich schwer, wenn er gut sein soll.

Beim Tango argentino gibt es keine Vorschriften, wie man ihn tanzen sollte, das einzige, was gilt, ist, dass er nach Tango aussehen muss, wenn man ihn tanzt.

Es gibt viele Figuren, die alle geübt sein sollten. Ob das der *ocho atras* und *ocho adelante* ist, die *barrida*, *sacada*, der *planeo*, *gancho*, *boleo*, *sanguchito*, die *envoltura* und andere, man fragt sich allerdings, ob man jetzt für ein Turnier trainiert oder mit seiner Liebsten einfach mal tanzen will."

„Bin ich deine Liebste?"

„Im Moment, ja!"

„Du bist ein Schurke, ich liebe Dich!"

„Vergiss niemals, dass wir uns nicht kennen, dass wir uns fremd sind, dass wir einen der erotischsten Tänze der Welt tanzen und dass es anschließend einen Abschied gibt, der ein Wiedersehen eigentlich ausschließt. Der Tango ist eigentlich kein Tanz, er ist irgendwie auch häufig eine Tragödie.

Dazu ein Tango von Gabino Coria Penaloza aus dem Jahr 1926:

Tango

Kleiner Weg, den die Zeit ausradiert hat, auf dem wir früher zusammen gegangen sind, auf dir bin ich jetzt zum letzten Mal, nur um dir mein Leid zu gestehen.

Kleiner Weg, damals wuchsen an deinen Rändern Klee und Binsenkraut. Bald wirst du nur ein Schatten sein, ein Schatten, genauso wie ich.

Seitdem sie ging, lebe ich traurig, kleiner Weg, mein Freund, ich gehe auch.

Seitdem sie ging, kam sie nie wieder. Ich werde ihren Schritten folgen. Lebe wohl kleiner Weg.

Kleiner Weg, den ich die ganzen Abende glücklich entlang gelaufen bin, meine Liebe singend,

sag ihr nicht, wenn sie wieder hier entlang läuft, dass mein Weinen deinen Boden nässte.

Kleiner Weg, bedeckt von Disteln, die Hand der Zeit verwischte Deine Spur . . .

Zeit, die uns beide umbringt.

Es ist Abend geworden. Gunnar summt die Musik von Carlos Gardel und sie tanzen nach ihr. Die Luft schmeckt herb nach Salz ; sie sind allein. Und sie tanzen, ruhig, sanft und konzentriert. Hin und wieder einen *ocho atras* von ihr, eine *barrrida* und einige *planeos*, das Deck ist groß genug. Man kann richtig darauf laufen, sich drehen, eine *sacada* machen, ohne andere dabei zu behindern. Tango ganz allein auf einer großen Fläche ist berauschend.

„Was ist, wenn du irgendwann gehst?"

„Was ist, wenn DU irgendwann gehst?".

Sie antwortet nicht, er antwortet nicht.

„Wir könnten weiter machen. Mehr miteinander machen, zusammen machen. Wie beim Tanzen. Aber dann im Leben," sagt Nicole.

„Was zum Beispiel?" fragt Gunnar.

„Zwischen Traum und Wirklichkeit ein Seil spannen und darauf balancieren. Darauf einen *ocho atras con envoltura* tanzen.

Anschließend gehen wir dann mit dem Hut rum, wie Guilletta Massina und Anthony Quinn in „La strada," antwortet Nicole.

„Ja. und ich mach' dann noch einen Büchertisch."

Das ist ja nur ein Scherz. Ich muss doch an meine Rente denken, sonst nimmst du mich ja nicht. Welche Frau will denn einen Mann heiraten, der nicht nur kein Vermögen hat, sondern noch nicht mal eine sichere Rente bekommt?"

„Ich !".

„Du veralberst mich?"

„Nein, angenommen, du schreibst ein Buch und das wird wirklich gut verkauft. Dann hast du Geld. Wird es nur mäßig verkauft, hast du trotzdem was geleistet. Dann bleibt von deinen Gedanken und Ideen einiges erhalten. So ein Mann ist dann durchaus interessant.

Mit dem Heiraten, meine ich."

Nicole/ Vera / Gunnar

Bildeten eine *menage à trois.* Sie hatten folglich ein Dreiecksverhältnis. Eine Zukunft gab es für alle drei nicht. Nur Gegenwart.

Als Gunnar mit Nicole mal über heiraten sprach, da war das der Anklang einer Zukunft. Für sie. Für ihn nicht.

Für ihn war die verbaut mit riesigen Problemen in Paris, einer für ihn fremden Stadt. Doch Nicole glaubte daran, sie glaubte daran, dass sie eine „kleine Hochzeit" haben würde. Mit einigen Gästen! Ganz sicher zahlreichen. Sie hätte ihn dann eingefahren. Doch wenn er das tatsächlich getan hätte, was hätte ihm geblüht?
Nicole wäre jeden Morgen nach Paris ins Arbeitsamt gefahren, um dort meistens Schwachköpfe zu beurteilen. Er hätte zu Hause gesessen, hätte was geschrieben und wäre von einer Hoffnung zur nächsten Enttäuschung hin und hergerissen worden. Es ist nicht leicht, als Schriftsteller in Paris Erfolg zu haben. Sie hätten sicher einiges von einander gehabt. Vielleicht sogar noch ein Baby? Das hätte er dann versorgt. Auch daran hätte er sich gewöhnen können.

Oder sie hätten sich in Paris mit Freunden getroffen. Er hätte richtig Französisch gelernt. Doch der Alltag ist wie Weichsand. Schnell fahren geht da gar nicht, höchstens gerade so durchkommen. Im Nachhinein war der Schluss mit Nicole dann zwar vernünftig, doch es bleibt immer noch der Schmerz.

Vera

Lachte ihn aus, als er einmal über eine gemeinsame Zukunft mit ihr sprach und er sie fragte, ob sie ihn nicht heiraten wolle.

Sie interessierte sich zwar für Kunst, brachte ihm Schriften der Gruppe ZERO mit. Otto Piene und Günter Ückers Nagelobjekte. Sie erzählte ihm, dass sie als Malermodell gearbeitet habe, und jetzt hätte sie einen echten Schriftsteller . . .

Sie ging mit ihm von Verlag zu Verlag und genoss das alles sichtlich.

Doch . . . Zukunft gab es für beide nicht. Ein Fliegen durch die Zeit, ein Vibrato, ein Schweben, mehr nicht.

Nicole

Man sagt so einfach: „. . . die Liebe kommt, die Liebe geht, solang' ein Stern am Himmel steht, solang' am Strauch die Rosen blühn . . . „

Doch einige dieser scheinbar vergangenen, intensiven Zeiten, kommen immer wieder hoch und sind dann einfach da. Sie graben sich ein. Du siehst wie ihre Sprache auf der Haut perlt, hörst den Klang ihrer Stimmen und vergisst und erinnerst dich, vergisst und erinnerst dich. Langsam entwirfst du Bilder in deinem Gehirn. Das Bild der Straße, wo sie wohnte, das Bild des Zimmerchens, in dem sie schlief, den klitzekleinen Balkon davor, einen Plattenspieler . . . das alles klebst du zusammen zu einer Collage und daraus entsteht ein großes Bild.

Sie sitzt auf ihrem Bett und schaut ihn an. Ein Blick zwischen fragend und hoffend. Sie braucht den anderen, den sie zu ihrem machen will, zu ihrem *alter ego*. Sie will ihren Körper mit seinem verbinden. Ihre Haut will das, der Duft ihres Körpers will das, die Berührungen ihrer Glieder wollen das . . . Doch jede Frau braucht unbedingt eine sichere Zukunft, Damals verstand er das nicht.

Liebe

ist ein Rätsel das obendrein auch noch versteckt ist. Sie verbindet das Lebendige untereinander. Allein oder gar einsam sein, ist grausam. Komm, lass uns wieder tanzen.

Das hier ist ein Tango-Walz, da kann man ja auch ganz normal Walzer drauf tanzen, aber das ist trotzdem ein Tango. Also tanzen wir den, doch mit etwas mehr Schwung, wir machen ein paar Drehungen mehr als sonst, denn das ist ja ein Walzer.

Hast du schon mal Fred Astaire und Rita Hayworth Walzer tanzen gesehen? In alten Filmen? Mein Gott geht da die Post ab. Rita Hayworth war eine begnadete Tänzerin, sie war von Anfang an Tänzerin, später ist sie erst Schauspielerin geworden. Fred Astaire und Rita, unübertroffen. Es gibt Kenner, die werten die Tanzkunst von Rita Hayworth höher als die von Ginger Rogers, die natürlich auch phantastisch gut tanzen konnte.

Zurück zum Tango, zurück zur Leidenschaft! Kennst du Sally Potter und Pablo Veron? Wahnsinn! Die tanzen nach der Musik von Pugliese, D'Arienzo und selbst nach der von Astor Piazzola. Danach können eigentlich nur sie tanzen, weil sie so phantastisch gut tanzen können. Ich würde das niemals schaffen. Aber jetzt den Tango-Walzer, wir beide."

„La Cumparsita", von Pascual Contursi aus 1924
Wieder geht es um schlimmen Liebesschmerz:

Tango

Wenn Du wissen würdest, dass ich immer noch in meiner Seele jene Liebe bewahre, die ich einmal für Dich hatte . . .
Wer weiß, wenn Du wüsstest, dass ich Dich niemals vergaß. Du wirst Dich an mich erinnern, wenn Du einmal zurückblickst . . .

Selbst die Freunde kommen mich nicht mehr besuchen; niemand will mich trösten in meinem Kummer.

Seit dem Tag, an dem Du von mir weggingst, fühle ich einen tiefen Schmerz in meiner Brust. Sag Liebste, was hast du mit meinem Herzen gemacht?

Trotzdem erinnere ich mich an dich, immer, mit der heiligen Liebe, die ich für Dich empfand.
Du bist ein Stück meines Lebens und ich suche überall jene Augen, die meine Freude waren und kann sie nirgends finden.

In das verlassene Zimmer scheint jetzt nicht einmal die Morgensonne, so wie damals, als Du noch da warst . . .

Vera

Was ist Liebe ?

Sie bleibt ein Geheimnis, denn in ihr wird alles über den Haufen geworfen, alles muss neu gegliedert werden, denn in der Liebe wird aus verschiedenen Zeiten, aus Vergangenheit, Gegenwart und Zukunft eine einzige Zeit, eine sehr breite, tiefe, neue Gegenwart, die bis zum Platzen gefüllt ist mit Gefühlen, mit all dieser irrationalen Gewalt, von der wir alle zwar schon gehört haben, aber jetzt sind wir selbst drin, in diesem Maelstrom. . . .

Deshalb wirkt alles, was Liebende machen, auf Außenstehende abgefahren, irrational, verrückt.

Jeder der Liebenden sucht beim anderen die Bestätigung seiner Liebe und jeder bestätigt den anderen. Im Grunde kann die gesamte Unterhaltung von beiden sich auf die berühmten drei Worte beschränken, die sie sich ständig ins Ohr flüstern.

Getragen und getrieben von männlicher und weiblicher Erotik, tanzen wir sie, wir tanzen alles, was uns bewegt, was uns antreibt, wir tanzen es. Wir tanzen unsere Ekstasen, wir tanzen sie, wir erleben sie, wir verdichten die Zeit, wir lassen sie explodieren, wir lassen sie gleiten, wir halten sie an, wir stürzen hinein, wir berühren sie, wir überschreiten sie . . .

Vera

Erinnerung an Druck und Wärme ihrer Schenkel, ihrer Haut; das Rätsel fliegen lassen, schweben, tanzen und die Musik aus der *taverna*.

Vera lacht ihr wunderbares Lachen, es klingt wie Musik.

Am Horizont hat die Sonne das Meer rot-orange verfärbt. Die Luft ist lau, leicht und feucht, kaum Wind, nur das Plätschern kleiner Wellen gegen den Strand.

„Komm wir gehen noch eine *tapa* essen und eine *copa* trinken!" Und dann . . . und dann, was dann . . ."

Sie lacht wieder ausgelassen, ich fasse sie um die Hüften und lasse meine Finger spielen. „Duuu!"

„Vera?"

„Ja, hier bin ich, tanzt du mit mir?"

„Los, komm her."

Gunnar nimmt sie sanft und beginnt mit rechts und macht dann einen *paseo.* Sie schmiegt ihren Kopf an seine Seite und sie gehen nach der Musik.

Ihre Schritte sind parallel, absolut parallel. Er spürt sie und sie spürt ihn. Die Tanzfläche ist fast leer, es ist schon spät und sie tanzen sich ein. Dann legt sie los. Sie schaut ihn noch einmal entschlossen an, geht etwas auf Distanz und macht einen *gancho*, dann einen *ocho atrás con envoltura*. Sie lässt ihren Schenkel an seinen gleiten, sie bleibt beherrscht und treibt ihn mit einem kurzen Blick weiter, doch je beherrschter sie ist, umso sinnlicher wird ihr Tanz. Ihre Füße sind jetzt reine Verführer geworden, zusammen mit ihrem geschlitztem Kleid werden ihre Beine zur Gefahr. Sie drehen sich, sie liegt dabei fest in seinen Armen und irgendwann sieht er ihren halb geöffneten Mund, die blitzenden Zähne und dann keucht sie ihm etwas entgegen, das er nicht versteht und doch . . .

Noch ein paar Klänge aus dem Bandoneon, sie legt sich in seinen Arm und er lässt sie tief gegen den Boden schweben, ihre langen Haare berühren fast das Parkett . . .

Es ist ein Abenteuer in der Dämmerung. Auf der Grenze des Tages zu tanzen, in den Tanz Strömung, Wärme und Stimmung zu legen, den Abschied vom Tag und den Beginn der Nacht. Zwischenreiche . . .

Ich bin mir sicher, du wirst eines Tages mit mir wieder in der *Milonga* stehen und mir ins Ohr flüstern:

„ . . . tanz mit mir!, tanz mit mir!"

Vera, ich werde dich sanft und fest halten, nicht zu locker, aber locker genug, damit du frei bist, mit mir zu spielen, aus mir das herauszuholen, was du brauchst, was du willst. Ich werde die Stimmen deines Körpers fühlen, mit meiner Haut, mit meinem Blut.

Du bist weich und schmiegsam, ich bin glatt und fest. Wir werden beide gut tanzen. Du wirst mich verführen wollen, ich werde dir nachgeben, mich dagegen wehren, mit dir kämpfen, dich greifen, dich halten, dich nehmen - wir werden uns schließlich beide verführen.

Der Schluss dann fast schon orgiastisch, wir stehen keuchend nebeneinander, wenige Minuten erscheinen uns wie eine kleine Ewigkeit.

Der Tango

wird zum Geheimnisvollen, dass darin besteht, dass er immer anders ist, je nachdem, wer ihn tanzt. Ständig werden innerhalb bestimmter Grundregeln einige Regeln überschritten. Es gibt im Tango nichts Gewohntes, nichts Alltägliches. So macht der Tango tangosüchtig, süchtig nach diesem dunklen Ursprung des Seins, der hier getanzt wird, getanzt werden muss, um ihn einzufangen, um ihn wieder zu verlieren, bis zum nächsten Tanz.

Vera

gibt Gunnar die Zuckerdose und schaut ihn dabei an. Er schaut zurück, ihr direkt in die Augen. Langsam schlürft er den starken Kaffee.

Und dann stehen sie auf und fangen an, einen neuen Tango zu tanzen. Die Gegenwart ist schlagartig da. Vera hat den Saum ihres Kleides etwas angehoben, ein paar Blicke erwidert. Tanzend verwandeln sie sich in einen Fluss, einen *arroyo de la mania,* der durch die Dämmerung läuft und sucht und läuft und sucht . . .

Jetzt hat sie die Schuhe ausgezogen und läuft barfuß am Strand entlang.

„Warte, warte, wo willst du hin," rufe ich ihr nach. Doch sie ist weg. Ich hinter ihr her. Da liegt sie auf dem Sand.

„Ah, da bist du ja!" „Ja, da bin ich."

Sie zieht den Rock hoch und hält ihn sich vors Gesicht, wie einen Schleier.

Ich beuge mich über sie, da springt sie auf und läuft direkt ins Meer. Bis zu den Hüften, bleibt dann stehen und schaut zu mir. Ich laufe ihr nach, erreiche sie und bleibe vor ihr stehen. Sie legt ihre Arme um mich und sagt nichts, nur der Druck ist zu spüren, und der Geruch nach Meer, nach Schweiß, nach Tang.

Málaga

Der Kaffee ist heiß und bitter. Die Atmosphäre ist ähnlich; die Menschen, die hier verkehren sind genauso. Alles, was sich in diesem Café Chinitas in Málaga abspielt, spielt sich in diesem Rahmen ab. Eine Mischung aus Göttlichem und Dämonischem ist hier eingebrochen und hinterlässt Gewinner und Verlierer. Rücksichtslos, ruhelos. Das ist ein hartes Feld. Es kommt immer darauf an, die eine zu finden, die zu dir sagt, du bist es! Die zu dir sagt: "Tanz mit mir!"

Der Tango wird sie fassen, er ist entschlossen. Beide, die wir ihn tanzen, sind entschlossen das ganze Universum auf uns selbst zu reduzieren. Unser Tanz soll das Leben aus den Löchern locken und alles herrlich und kostbar machen. Doch dazu muss der Tanz nicht nur gekonnt sein, er muss magisch sein, er muss diesen gewissen Zauber haben, gegen den sich das Leben nicht wehren wird, nicht wehren will.

Gekonnt und magisch wie bei Sally Potter und Pablo

Veron, diesem Dämon, diesem Mephisto, der die hübsche, aber noch unbedarfte Sally Potter nach allen Regeln der Tanzkunst verführt. Er verführt sie zur Leidenschaft und schafft das mit voller Absicht und sie lässt sich verführen, denn sie will verführt werden, sie will in jener Welt fliegen und landen nicht nur lernen, sie will es können, wie Pablo Veron es kann und jetzt kann sie es. Jetzt zählt alles: ein Blick oder ein Wort, die kleinste Bewegung der Schuhspitze, das Gleiten ihres Schenkels an seinem, ein Wimpernschlag, ein Blick, ihr Atem über seinem, so tanzen sie den Traum ihres Lebens, in wenigen Minuten . . .

Die Liebe als Tanz. Und dazu gehört die Musik, dieses Klagen des Bandoneons, das die Verzweiflung über den Verrat, die untreue Geliebte, das ereignislose Warten bei Nieselregen, bei kaltem Kaffee 'rüberbringt, wie kein anderes Instrument.

So schwebt der Tango auf der Dämmerung. Vom Bordell in den Konzertsaal und wieder zurück. Er durchdringt Hirn und Herz und geht wieder, kommt zurück und geht wieder. Er kehrt immer wieder zurück, und mischt beide auf.

Sally Potter und Pablo Veron. Sie sagt ihm doch :
„. . . hier bin ich, tanz mit mir! Zeigs mir!"
An eine tolle Szene erinnere ich mich noch, als beide in Jeans mit Outdoorstiefeln bei einem Wolkenbruch auf der Straße tanzen. Dabei durchbrechen sie die Rationalität des Alltags. Sie zeigen sich, in strömendem Regen tanzen sie, als würden sie das immer tun.

Nicole

Liebt die Provence, das Herbe in ihr, die Sonne, die Bougainvillae an den Mauern und die Platanen auf den Dorfplätzen. Sie liebt die alten Männer,wie sie Boule spielen und die Frauen, die zusammensitzen und über ihre Familien reden. Für Nicole ist das eine Welt, die in Ordnung ist. Nicht wie in Paris, mit ihrer *decomposition*. Sie atmet tief durch, schaut mich an, ich schaue zurück und sie genießt die Blicke, die ihr da und dort folgen.

„Komm', setzen wir uns, trinken wir einen Kaffee, nirgends ist er so gut wie hier." Sie schlägt die Beine übereinander, schöne, feste Schenkel. Die Luft ist warm, wir sitzen im Schatten unter einer großen Markise. Aix-en-Provence um zehn Uhr vormittags, im Juli.

Sie ist glücklich, beugt sich zu mir 'rüber und bettelt um einen Kuss. „Küss mich," bettelt sie, mit sehr leiser Stimme, „küss mich." Sie könnte mich ja küssen, nein, sie will, dass ich sie küsse, hier im Café. Ich flüstere ihr etwas ins Ohr. Auf Isländisch sage ich völligen Unsinn, aber im richtigen Tonfall; die Stimme in tiefer Lage, sage ich ihr ins Ohr: „Du, im Wald stehen Rehe, der Fluss windet sich durchs Land, Du und dein Schiff, ihr werdet bald in der Weite des Horizonts verschwunden sein, er wird euch verschlingen, DU, ich liebe Dich . . . *eg elska thig.* Das Letzte hat sie verstanden, sie lacht und streicht sich über die Schenkel.

Angeregt schaue ich auf ihren Ausschnitt, sie merkt das, schaut an sich herunter und sagt ganz stolz: *„Yo tengo para dos!.*" Ich habe für zwei, sie lacht.

Der Wind raschelt mit den Blättern der Platanen. Ein Eiswagen fährt vorbei. Die alten Männer spielen immer noch sehr konzentriert Boule und die Frauen sitzen immer noch da und erzählen. Die Zeit verstreicht hier langsam. Wir gehen zurück in unser Hotel und ziehen die Vorhänge zu. Durch die geöffneten Fenster streicht der Wind und bewegt die schweren, dunklen Stoffbahnen. Der Raum ist erfüllt von ihr, erfüllt von dem Duft ihres Körpers, erfüllt von den Nachklängen ihrer Sprache und Bewegungen. Alles ist von ihr erfüllt. Langsam beuge ich mich über sie und versuche ihren Atem einzuatmen. Dann streiche ich ihr langsam über Nacken und Rücken. Sie genießt das sichtlich. Ich atme sie jetzt einfach ein.

Ihre Hand wandert zu mir herüber. Sie berührt mich, als ob sie mich erkunden will, wie ein unbekanntes Land. Der erste Schritt ist noch zaghaft, der zweite schon etwas deutlicher. Dann schaut sie mich an und sagt zärtlich: „Du Schurke!"

Am späten Nachmittag hat es geregnet und die Straßen sind jetzt am Abend voller Menschen. Wo wollen wir hin?

Wir fahren einfach raus aufs Land und biegen irgendwann in einen kleinen Feldweg ein. Die Luft ist geschwängert von einem verführerischen Duft nach Erde und Lavendel. Liebe? Was ist das? Zweifel, Suche und Qual . . .

Sehr früh am Morgen, es wird schon langsam hell, fahren wir zurück. Jetzt ist die Stadt menschenleer. Der Platz mit den Platanen liegt da wie verwunschen.

Das Licht kriecht von Osten langsam auf uns zu. Ich nehme sie in den Arm und fange an mit ihr zu tanzen, im Kopf das Bandoneon, draußen ist alles still und dann tanzen wir, wir tanzen . . . wir verschmelzen, wir lösen uns voneinander, wir tanzen gegeneinander, zueinander, miteinander.

Tango

Ich liebe die verlorenen Vögel, die ins Jenseits fliegen, um sich im Himmel zu verirren, den ich nie wieder bekommen werde.

Die Erinnerungen kommen immer wieder zurück. Die jungen Stunden, die ich gab und vom Meer kommt ein Geist an, bestehend aus Dingen, die ich liebte und verlor.

Alles war ein Traum! Ein Traum, den wir verloren, so wie wir die Vögel und das Meer verloren! Ein Traum zu kurz und wie die Zeit, die sich nicht im Spiegel reflektiert!

Später versuchte ich dich zu vergessen in so vielen anderen, doch jene anderen und alle waren DU!

Die Einsamkeit fraß mich auf.
Die Nachtvögel kommen zurück.

Nicole

Das Tageslicht wird langsam heller. Wir gehen von den Platanen zum Hotel. Die Concierge schläft. Wir schleichen uns an ihr vorbei, ich öffne die Tür unseres Zimmers, die Vorhänge sind noch zugezogen, die Betten zerwühlt vom Nachmittag, ein Koffer geöffnet, Kleider liegen herum. Ich ziehe die Vorhänge zurück, das Licht des frühen Morgens tritt etwas schüchtern ein, als ob es uns etwas fragen wollte . . .

Ich schaue in Nicoles Augen der Nacht nach. Ich kann sie gerade noch am Horizont verschwinden sehen. Irgendwie ist das alles unwirklich, nicht greifbar, nicht sichtbar, als wenn wir gerade gestorben und wieder auferstanden wären, der Tanz ohne Musik draußen . .

Bei vollem Bewusstsein sind wir tot und gleichzeitig lebendig, die Blicke unserer Augen entfalten die große Welt aus Freude und Angst, aus Qual und Ekstase.

Dann sagt Nicole ganz leise und ruhig: *„te quiero mucho."* Langsam fallen wir in einen unruhigen Schlaf.

Wir

haben lange geschlafen. Es ist fast schon Mittag. Es weht ein scharfer Wind, der recht kühl ist, der Mistral. „Nicole?" flüster' ich, sie flüstert zurück, irgendetwas auf Französisch, dass ich nicht verstehe, wahrscheinlich einen ähnlichen Unsinn, wie ich ihr gestern auf Isländisch ins Ohr geflüstert hatte. Sie beißt mich ins Ohr und führt meine rechte Hand zwischen ihre Beine. Ich streichel sie und schaue ihr dabei in die Augen, die sie gleich darauf schließt. „Hmm, so jeden Morgen aufzuwachen ... das wünsch ich mir. Mach weiter, ja, nicht aufhören, ja, ja . . ."

Dann lobt sie mich: „Ja, der ist ja auch schon wach." Er ja, aber ich noch nicht ganz. Ich lass sie damit jetzt machen, was sie will. Sie herzt ihn: „Mein Liebster, mein Bester, mein Starker, oh, wie ich dich lieb habe, hier, du bekommst noch einen Kuss, du warst ja so brav und so fleißig."

Das sagt sie alles mit umwerfenden Akzent, dabei

dehnt sie die Vokale; etwas übertrieben meine ich.

Jetzt aber Schluss! Ich werfe Nicole aus dem Bett und springe selbst 'raus. Ich bin zuerst unter der Dusche. Sie jault draußen. Schließlich wäscht sie sich aus dem Waschbecken. Ich sehe ihr zu. Ich schaue sie ziemlich lüstern an und bekomme gleich die Quittung: „Männer!" ruft sie zwischen belustigt und verächtlich.

„Ich kann nichts dafür, dass ich einer bin!" Nein, ja, nein, nein, ja, ja! Dann zieht sie sich an und dreht sich vor mir.

„Na, gefall' ich dir?"

Frauen!

Nein, vielleicht janein, neinjavielleichtspäter.
Heute geht sie „freihändig".

„Wir sind ja im Süden, da sind die Leute nicht so prüde, meint sie." Sie ist stolz, einen Kerl wie mich zu haben und will das auch zeigen. Ich bin stolz ein Vollblutweib wie Nicole zu haben und will das auch zeigen.

„Hast du eigentlich getankt?" fragt sie mich.

„Nein", sage ich ihr, „ich fahre solange, bis der Tank leer ist und suche dann die billigste."

Für mich ist es immer wichtig - wenn ich auf Reisen bin - abgelegene Orte und Regionen zu erreichen. Je abgelegener, umso besser. Deshalb fahre ich meistens kleine Straßen, Nebenwege und bilde mir dann ein, wenn ich schließlich doch irgendwo ankomme, das Ende der Welt, die letzte Stufe vor der Unendlichkeit erreicht zu haben. So war das auch in der Camargue, ein Land, wo sich vor allem Zigeuner und wilde Pferde 'rumtreiben. So die gängige Meinung.

Als Mann will man eine Frau eigentlich immer dafür begeistern, was einen selbst begeistert. Deshalb fahre ich mit ihr in halb verlassene, öde Ortschaften, wo es durchgelegene Betten in schmierigen Pensionen gibt, lauwarmen Kaffee zum Frühstück und denke mir, dass ich ihr jetzt den Himmel auf Erden geboten hätte. Die Frau hat dann kurz über lang von mir die Nase voll und geht ihre eigenen Wege. Was will sie? DAS will sie eigentlich nicht, sie will mich und ich will sie. Und das geht auch an einem Ort, der einfach nur eben alles, das bietet, was der Mensch so zum leben braucht. Dazu muss niemand ans Ende der Welt fahren, wie ich das immer will. Ich bin da auf einem völlig falschen Dampfer. Es ist die Stimmung, die stimmen muss. Nur damals war mir das noch nicht so klar.

Am schönsten, am wildesten war es für uns,

in dem großen, unaufgeräumten Zimmer über dem Restaurant in Saintes-Maries-de-la-Mer. Dort hätten wir drei Wochen lang bleiben sollen.

Aigues Mortes

Vor der alten Stadtmauer steht ein Lieferwagen. Zwei Landwirte laden Gemüse für den Markt ab. Ich stehe am Fenster. Das Licht ist, wie immer um diese Zeit, noch zartgrau. Nicole schläft noch. Ihr Haar umrahmt sie wie eine dunkle Flut, den Arm hat sie um ein Kissen geschlungen. Ich schaue sie an, um ihr Bild ganz fest im Gedächtnis zu behalten. Für immer.

Die Bauern sind weg. Der alte Lastwagen steht jetzt verlassen an der Mauer. Der erinnert mich an irgend etwas, der steile Kühler, die senkrechte Windschutzscheibe, der offene Kasten hinter dem Fahrerhaus, die verschossene grüne Farbe.

Der Marktplatz vor unserem Fenster ist jetzt leer. Es sieht aus, wie ein Bild aus dem Impressionismus, oder erinnert an Szenen aus alten Schwarz-Weiß-Filmen. Zeit, die sich hierher zurückgezogen hat und jetzt spielt, wo sie das noch unentdeckt machen kann. Wenn der ganze Trubel des Tages beginnt, ist sie wieder verschwunden, wie streunende Katzen.

Ich lege mich wieder zu Nicole ins Bett. Im Halbschlaf legt sie ihren Arm um mich und sagt etwas, das ich nicht verstehe, dann schmiegt sie sich an mich. Ich döse langsam ein und wache auf, als die Sonne schon ziemlich hoch steht. Nicole liegt neben mir und schaut mich an. In der Luft ist ein Geräusch, dass wie Musik klingt. Es ist eine Mischung aus all diesen Klängen, die am Tag so entstehen, die anfangen, aufhören, sich steigern und verklingen. Hier ist es, als ob es sich verdichtet, auf unsere Haut prallt und zu einer gewissen Musik wird. Nicole schaut mich mit ihren dunklen Augen an, die geheimnisvoll und gleichzeitig sehr offen sind. Ich schaue zurück, doch ihr Blick macht mich verlegen. Ich suche ihren Mund, warte aber, dass sie auf mich zukommt, sie schaut mich an, dann schließt sie die Augen und berührt mich mit ihren Lippen. Jetzt legt sie ihren Arm um meinen Nacken, zieht mich ganz leicht zu sich hin und küsst mich tief, mit viel Gefühl, so als ob ihr ganzer Körper mich küsst. Ich streiche über ihre Hüften und küsse jetzt ihre Schultern, gehe dann weiter über den Hals und beiße sie ganz zärtlich. Sie lacht und wehrt ab. In ihren Augen entdecke ich, dass sie stolz ist. Ich bin ja nur für sie da, sie weiß das.

Ihre Haut. An der Seite, von den Schultern, über die Hüfte, zu den Schenkeln. Ihre Haut ist jetzt für mich eine Landschaft, in die ich reise. Ich streiche mit meinen Fingern sanft darüber, überall, wo ich sie berühre, verändert sie sich, die winzigen Härchen stellen sich auf und da und dort zeigt sich eine gewisse Erregung. Ich ziehe ihren linken Arm hoch und berühre sie unter den Achseln, dann küss' ich sie dort. Ihr Geruch erregt mich, doch ich lasse mir nichts anmerken. Dann dreht sie sich auf den

Rücken und sagt leise und zärtlich: „Du infamer Schurke, du hast mich gefangen, eingefangen hast du mich!"

Das macht mich noch unternehmungslustiger. Ich nehme einen ihrer Füße in die Hand und streiche langsam darüber. Sie gurrt und schließt die Augen.

Inzwischen scheint die Sonne durch die Vorhänge. Auch hier entsteht jetzt eine Musik aus Licht, aus hell und dunkel. Ich stehe auf und lege eine Kassette ein. Es spielt Harry James mit seinem Orchester. Das ist flotter Jazz und ich tanze dazu Boogie. Sie schaut mir belustigt zu. Frauen wollen immer ernste Männer denke ich, lieben tun sie aber die lustigen, kurzfristig, doch häufig ist es dann zu spät.

Jetzt steht Nicole auf und tanzt vor mir. Jetzt ist es auch für sie zu spät, unser Blut strömt gegenseitig ineinander. Es gibt kein Zurück mehr. Sie schaut mich an und haucht: „ich will dich . . ." Doch ich tanze jetzt mit ihr, ich ziehe sie langsam an mich, bis unsere Haut sich berührt, ich lasse los, ziehe sie wieder zu mir und dann und dann . . . „Ich will, dass das nie zu Ende geht, Liebster, nie zu Ende geht, lass' nicht nach, bleib bei mir, immer und ewig, versprichst du mir das?"

Sie nimmt meine Hand und führt sie. Fühl's, ganz nass hast du mich gemacht, du Schurke . . .

Wie konnte das zu Ende geh'n, frag ich mich heute. Es war nur ein kurzer Krach, eigentlich ohne jeden Anlass? Oder doch? Egal, vier Stunden später stand ich am Gare du Nord und wartete auf meinen Zug. Davor war ich noch einmal in ihrer Wohnung gewesen. Wir waren beide in völlig desolater Verfassung. Bei mir hatte sich das rationale Bewusstsein praktisch verabschiedet. Sie bestand gefühlt nur noch aus Tränen. Irgendwelche Annäherung fand jedoch nicht statt. Ihr Vater verabschiedete mich mit einem kurzem Händedruck und abgewandtem Gesicht. Nach ein paar Worten, drehte ich mich um und ging.

Tango

Du wirst nicht wissen . . . Du wirst niemals wissen wie es ist, tausend Mal vor Sehnsucht zu sterben. Du wirst nicht in der Lage sein . . . niemals verstehen, wie es ist zu lieben und den Verstand zu verlieren.

Deine Lippen, die verbrennen . . . Deine Küsse, die verzaubern und quälen meinen Verstand. Durst, der mich glühen lässt und meine Brust mit Leidenschaft entflammt. Du klebst an mir . . . . ich spüre dich in einem für meine Schläfen verzehrendem Klopfen. Ich vergöttere dich, wenn du da bist . . . und ich liebe dich noch viel mehr, wenn du weit weg bist von mir.

Ich liebe dich so, Süße meines Lebens. Ich spüre dich so . . . nur mein, für immer mein.

Ich habe Angst dich zu verlieren . . . zu denken, dass ich dich nicht wiedersehe. Wieso diese brutale Ungewissheit? Warum werde ich bluten müssen . . .

Trotzdem quäle ich mich, weil ich dich im Blut trage. Und in jedem Augenblick . . . fieberhaft und liebevoll möchte ich deine Lippen küssen.
Was wirst du in deinem Blick haben?, denn wenn du zu mir aufschaust, fühle ich in meinem Inneren eine gierige Flamme der Liebe brennen. Deine Hände entfesseln Zärtlichkeiten, die mich an deinen Zauber binden.

Ich liebe dich. . . . Wir sind zusammen, wie ein Dolch im Fleisch.

Mario Soto, 1951

Nicole/Gunnar - auf dem Schiff

Gunnar, erzähl mir mehr von deinem neuen Roman, das ist - überraschend, interessant, realistisch und völlig unrealistisch, eine andere Welt, noch eine andere und vielleicht noch eine und noch mehr, gibt es das eigentlich auch in Wirklichkeit?"

„Das kommt darauf an," sagt Gunnar, „es kommt darauf an, wie man seinen Empfänger eingestellt hat. Nicht nur in der Technik gibt es Sender und Empfänger, auch die Menschen haben eingebaute Sender und Empfänger.

Der Philosoph Karl Popper spricht von drei Welten. Ich meine, es gibt erheblich mehr, sagen wir mal dreißig oder dreihundert oder fast so viele wie es Sterne am Himmel gibt. Ob man sich für die eine oder die andere entscheidet, ist ja eigentlich egal, sollte man denken, doch das ist absolut nicht egal. Jeder Mensch sucht ja seine Welt, also die, in der er lebt, liebt, arbeitet, faulenzt und schließlich stirbt. Die Angst vor dem Tod beruht meiner Meinung nach einzig und allein darauf, dass die Menschen bis dahin noch nicht ihre eigene Welt gefunden haben. Die Liebe ist eine eigene Welt, ein wichtiges Zwischenreich, doch zu ihr führen viele Wege und viele führen von ihr weg .

Doch kaum bist du irgendwo angekommen, packt dich der Zweifel, ob das wirklich deine Welt ist, denn der Zweifel ist immer und überall.

Wollust und Tod liegen ziemlich nah beieinander. Der Tod ist ja eine eigene Welt, das Nichts oder das große Dunkel. Die Wollust ist so gesehen ein Sprung über den Abgrund des Todes. Ein Aufschrei, das Verlassen dieser langweiligen Ebene, die man das alltägliche Leben nennt, ohne das es nun einmal nicht geht, aber nicht nur. Die Wollust ist der Sprung, der große Sprung. Und dabei kann man den Tod durchaus schon mal kurz sehen, gefühlt sehen, in einer großen Mischung aller Gefühle.

In der Liebe geht es immer ums Ganze. Körper zu Körper, Haut zu Haut, Gefühl zu Gefühl, sinnlich zu sinnlich und das zusammen, gegeneinander und vor allem miteinander.

Vera/Gunnar - in Málaga

Sie lässt Gunnar arbeiten. Sie hat fünf Pralinen auf ein Blatt Papier gelegt. Jede auf eine Stundenzahl. Jede Stunde soll er eine essen und nach der letzten zu ihr kommen. Sie läge am Strand. Er schreibt. Fünf Stunden. Dann ist er zu ihr unterwegs. Es ist richtig heiß. Der Asphalt fühlt sich weich an. Die Straßen sind leer.

Vera und Gunnar. Die Haut. Der Zufall. Der Hunger. Die Liebe. Der Traum. Kein Alltag. Keine Katastrophen. Keine unbezahlten Rechnungen, keine Krankheiten. Kein, kein, kein. So gesehen lebten sie wie im Paradies. Das war ihnen damals nicht klar, heute schon. Heute, wo sie einiges hinter sich haben, sind sie nicht mehr so naiv. Die Zukunft? Was ist denn das? Sie fühlten sich schwerelos, schwebend, sanft getragen von einer großen Macht.

Vera liegt am Strand und lässt Wärme und Licht an ihren schönen Körper. Sie hat Hunger nach Licht, sie hat Hunger nach Liebe. Ihre Haut hat jetzt einen gewissen Bronzeton bekommen, sie ist stolz darauf.

Gunnar weiß nicht, dass sie gerade im Paradies leben, dass beide gerade dabei sind ihre Haut, Zufall, Liebe und den Hunger danach zu verbinden, sich selbst darin einzupacken, wie in ein großes Paket und das nach Nirgendwo oder postlagernd nach Irgendwo hin zu verschicken. Ihm gefällt das Nirgendwo besser, aber Vera lacht nur: „Komm, küss mich . . .

Die Liebe glitzert, zerstöre sie nicht! Lass sie wild zwischen uns sein. Mach aus ihr kein zahmes Haustier. Wenn es eines Tages so sein sollte, dann werden wir auseinander gehen. . . Versprich mir, dass du gehen wirst, wenn unsere Liebe nicht mehr glitzert, wenn sie stumpf geworden ist, wenn sie zusammen gekauert in der Ecke liegt und nur an bestimmten Tagen mal hervorgeholt wird. Mach' das nie, Liebster, mach das nie, versprich's mir. Und jetzt küss mich endlich. Ah, das ist wie Wasser, wie kühles Wasser. Ja, mach's noch einmal. Deine Küsse schmecken nach mehr.

Meine auch?"

„Vera, sag mal, sind wir eigentlich etwas verrückt?"

„Sicher, sind wir verrückt, aber „etwas" verrückt gibt es hier nicht. Entweder richtig oder gar nicht, komm, leg dich zu mir.

Nein, lass uns gehen. Wir kaufen noch ein paar *gambas* und machen ein tolles Abendessen. Und dann, und dann, und dann . . . Spielen wir wieder verrückt . . . oder was, du Schlingel."

Tango

„Ich will *mein Herz betrinken, um eine verrückte Liebe auszulöschen, die mehr als Liebe, die ein Leiden ist . . .*

Wenn ihre Liebe nur eine Eintagsblume war, warum verursacht es bei mir noch immer diese grausame Pein.

Sehnsüchtige Erinnerungen, ihr verrücktes Lachen zu hören und an meinem Mund ihren Atem wie ein Feuer zu spüren.

Klage Bandoneon, deine grauen Tangos, vielleicht verwundet dich genauso eine tiefe Liebe . . .

Enrique Cadicamo 1935

Vera

liebt das Leben, sie liebt die ersten Berührungen, die Spannung, die daraus entsteht und das Ungewisse, wo sich der Zufall - der glückliche Zufall mitunter - aufhält. Vera ist einfach eine grenzenlose Optimistin. Veras Joker ist ihre Art. Sie ist flott und gleichzeitig nachdenklich, schnell entschlossen und gleichzeitig abwägend, sexuell erregbar, wie keine zweite und gleichzeitig irre romantisch und das abwechselnd in Bruchteilen von Sekunden. Also, langweilig, nein, das ist sie nicht.

Wir sitzen jetzt in ihrer *Floride* und fahren offen. Der Wind weht ihr durch die Haare. Sie holt ein Kopftuch aus dem Handschuhfach und wickelt sich das perfekt um den Kopf.

„Mein Haar möchte wehen im Winde, es ist ihm verboten,. . . Paul Celan." Sie lacht. „Mein Gott, die hatten sich auch manchmal ihre Probleme zurecht gezimmert. Oder?"

Gunnar grinst, denn ihn interessiert weder Paul Celan, der Existenzialismus und was nicht noch immer, überhaupt nicht. Ihn bewegt nur diese Frau hier, diese große Verbindung ohne jede Zukunft. Jetzt hat sie eine schicke Sonnenbrille aufgesetzt und sieht aus wie ein Filmstar.

„Du, Gunnar, weißt du was mir gerade durch den Kopf geht?"

„Nein, weiß ich nicht, sag's mir."

„Ich möchte gleichzeitig mit dir fliegen und mit dir auf der Erde sein. Geht das eigentlich?"

„Surreal geht das ohne weiteres. Im Traum, in der Imagination geht das auch, komm, lass uns fliegen, abstürzen, träumen, auf dem Zufall reiten und die ganze Liebe in uns reinlassen. Die schwirrt hier herum, lass sie in dich rein, lass sie doch!"

Vera schaut ihn an und lächelt. Sie lächelt auf ihre Art. Er würde das sybillinisch nennen, geheimnisvoll, wissend, ohne etwas auszusprechen, ohne etwas zu zeigen, alles ist offen und gleichzeitig geschlossen wie angelehnte Türen, die man jedoch nicht ohne weiteres öffnen kann.

Ihr Lächeln ist deshalb nicht ganz ungefährlich, es spielt darin eine tiefe Weiblichkeit, eine tiefe andere Welt mit anderen Gefahren . . .

Außerdem ist sie älter als Gunnar, sie ist erfahrener als er, sie könnte seine große Schwester sein . . .
Ihr Lächeln ist gleichzeitig Annäherung und Distanz, beides in einem, wie beim Tango . . .

„Ich liebe Dich," sagt sie aus sich heraus.

Dann fährt sie in einen Feldweg rein, hält an und schaut ihn an. Sie nimmt die Sonnenbrille ab und dann beginnen sie sich zu küssen. Zuerst zärtlich, dann wild, dann wieder zärtlich, bis sie sagt: „Komm, lass' uns nach Hause fahren."

Sie sitzen unterm Sonnenschirm auf der Terrasse. Vera in einem Kleid im Stil der 50er Jahre. Bunt, mit reichlich Ausschnitt. Damit . . .

Sie leben hier recht einfach, aber alles Wichtige gibt es. Vor allem gibt es Zeit, doch die ist für beide trotzdem begrenzt. Sie müssen sie nutzen, das bedeutet, sie müssen sich verbinden. So einfach das klingt, so schwierig ist das.

Frauen haben zwei Mauern in sich, Männer nur eine. Hat man eine Mauer überwunden, denkt der Mann, er hat die Frau. Stimmt nicht. Vera sagt, dass eine Frau mit einem Mann schlafen kann, ohne dass sie dabei etwas empfindet, wenn es der Falsche ist. Den Richtigen zu finden, sei aber das große Problem der Frauen. Ist er für sie der Richtige? Gunnar verkneift sich diese heikle Frage.

Die Gewöhnung aneinander ist schneller da, als man denkt, sie kann aber auch schnell wieder verschwunden sein.

In der Liebe kann es deshalb keine Idylle geben. Deshalb schwebt sie auf der Gegenwart, deshalb gibt es für sie keine Zukunft, die sich in ruhige Gegenwart verwandelt, wo man sich um die Rente kümmert, am Sonntag einen Ausflug macht.

Liebe ist Delirium.

Nicole - auf dem Schiff

Wir sitzen unterm Ladebaum, wir haben miteinander getanzt. Es geht um die Mauern zwischen uns. Bei mir ist es nur eine, bei ihr sind es mehrere.

Die Verzweiflung, die in den Tangoliedern immer wieder da ist, seitens der Männer, liegt einfach darin, dass sie die Mauern in den Frauen nicht überwunden haben und nun vor einer zweiten, dritten stehen, die höher ist, als die erste und ihm unüberwindbarer erscheint, als die erste und die auch ganz anders ist, als die erste. Sie will emotional erobert werden, sie will sich mit ihm vor allem verbinden. Dass er mit ihr getanzt oder geschlafen hat, mag ihm einiges bedeuten, ihr - ohne Emotion - wenig bis nichts. Sie fühlt sich mit ihm nicht verbunden, weil er die anderen Mauern, die sie um ihr Herz aufgebaut hat, noch lange nicht überwunden hat; er hat noch nicht einmal den Versuch gemacht, das zu tun, weil er diese Mauern häufig gar nicht sieht.

In der Liebe spielen die Rätsel eine wichtige Rolle. Man muss diese Rätsel sehen. Sie nicht lösen wollen. Ein ganz großes Rätsel ist der Tod.

Verliebtheit ist so gesehen Beginn, *status nascendi* und Tod. Beide dicht zusammen. Und die Wollust ist der Zustand, in dem sich beide begegnen. Daher spricht man vom „kleinen Tod." Doch den Tod kann niemand besitzen; er enteignet. Er nimmt dir ganz einfach das Leben weg.

So ist man in der Wollust, sehr nahe „der letzten Wahrheit des Lebens."

Wir balancieren auf der Spitze. Ein Wagnis.

Nicole - Paris 1971

Nicole will heiraten, ihn, Gunnar. Nicole wollte ihn länger, wie es alle Frauen eigentlich immer wollen.

Das ist ihm erst heute klar geworden, doch damals waren sie mit ihrem Boot auf hoher See, lagen gut am Wind, sie segelten wunderbar, nur wohin? Ihre Gefühle waren miteinander verwoben, sie hatten tiefes, eigenes Leben, doch das reichte nicht, das war nur eines, das andere Leben hatten sie beide einfach übersehen.

Das Leben ist komplexer, unüberschaubarer, noch chaotischer, als die Liebe. Ein großes Geschehen, kein Ausschnitt, ähnlich wie die Feuchtigkeit der Luft, die Pflanzen wachsen lässt, aber zusammen mit Erde und vielen anderen wichtigen Dingen.

Vera

Wenn man zu zweit neu geboren wird, sich selbst ins Leben wirft, ins Leben springt, sich selbst riskiert.

Auf diesem Grat balancieren, wie ein Artist, der das große Risiko bewusst eingeht, den Tod vor Augen, das eigene Verderben. In der Zeit in der wir leben, müssen wir unsere Zeit gewinnen. Das ist irre schwierig. Zuviel Sicherheit schadet. Denk an die Altersvorsorge, an die vielen Barrieren, die wir gegen das Schicksal aufbauen. Das ist nichts anderes, als wenn wir gegen einen Tsunami ein paar Sandsäcke aufstapeln.

„Komm, Vera, lass' dich drücken."

Ich lege ihr meine Hand auf den Nacken. Sie schaut in meine Augen. Die Verbindung beginnt. Wir schauen uns an; unsere Blicke beginnen miteinander zu verschmelzen. Unsere Lippen werden ein einziges Geschehen. Ich beiße ihr in die Zunge, sie stöhnt leise, sie gurrt und ihre Hände und Arme umfassen mich, sie drücken mich an ihren weichen Körper, sie will mich, ich weiß das, sie will mich und sie bekommt mich, nur jetzt noch nicht, sie weiß, dass ich mir Zeit lasse, sie - das ist vor allem ihr Körper, dieses Gespinst aus Fleisch und Blut, mein Körper ist ähnlich, trotzdem anders, doch beide wollen zusammen kommen, zusammen sein, das Leben erleben – wie ein Konzert? Möglich. Ich streichel ihre Haut an den Innenseiten ihrer Schenkel und berühre ihre Scham ganz leicht, bis sie wohlig stöhnt, sich leicht aufbäumt und mich wieder anschaut, mich in ihren Blicken ertränken will und dann schiebe ich mich langsam in sie rein, aber noch nicht ganz, ich schaue sie dabei an, und spreche mit ihren Augen: da bin ich, und ich will dich und du willst mich . . .

Die Zeit? Was ist das? Sie ist verflogen. Sie spielt keine Rolle mehr. Sie hat sich in der Hitze des Tages verfangen wie eine Fliege im Netz. Die Zeit?
Wir haben sie gefangen, eingefangen, sie ist jetzt in unserem Blut.

Nicole - auf dem Schiff

Nicole ist ihr Pulli etwas an der Schulter herunter gerutscht. Gunnar berührt sie dort, etwas zaghaft.

„Da hast du eine Stelle getroffen," sagt sie, „die direkt ins Blut geht.

Ich hab' da noch ein Kleid im Koffer, eins mit tiefem Rückenausschnitt. Ich zieh das gleich mal an."

Sie verschwindet. Er lehnt sich zurück, schließt die Augen und verfolgt die Zeit, die zum Staubwirbel wird und schließlich kurz stehen bleibt.

Nach gut einer Viertelstunde kommt sie wieder zurück. Das Kleid ist oben herum geschlossen, hat einen großen Rückenausschnitt und keine Ärmel. Das Material ist weich fließende Baumwolle, die Farbe? Es ist schwarz, könnte auch dunkelblau sein. Sie bückt sich, um ein Riemchen an ihrem Schuh festzumachen.

Sie steht auf, reckt sich und stützt eine Hand in die Hüfte, und beginnt sehr langsam mit leicht lasziven Bewegungen vor ihm zu tanzen.

Er steht ganz gerade, sie wedelt mit dem Kleid, wie ein Stierkämpfer mit dem roten Tuch. Noch berühren sie sich nicht. Der Abstand wird größer, doch die Spannung zwischen beiden steigt.

Jetzt gehen sie aufeinander zu, er streckt seine Hand aus, sie dreht sich, stemmt beide Hände in die Hüften und geht rückwärts, während er ihr folgt.

Er ist auf ihrer Spannung, sie gleitet daran ab, bis er sie um die Taille fasst und sie sich nach rückwärts fallen lässt. Jetzt richten sie sich auf, ihre Gesichter schauen aneinander vorbei, doch sie berühren sich, die Spannung bleibt.

Ich küsse deine Schulter
das Licht und der Duft deiner Haut
verwandeln sich
verwandeln mich . . .

Nicole/Gunnar - in der Kabine

Er küsst meine Schultern, dann meinen Rücken. Er kann das. Er leckt das Salz aus meinen Poren. Ich spüre wie ich nass werde. Dieser Kerl!

„Mach weiter, ja, mach weiter!"

Er bringt mich soweit. Er hat mich schon. Ich winde mich aus seinen Händen und Blicken. Halte ihn auf Distanz, wie beim tanzen.

„Stell dich da hin! Und bleib stehen.

Langsam kreise ich mit meinen Händen. Ich fange bei den Hüften an, drehe mich von ihm weg, und berühre mich, ohne dass er es sehen kann. Er soll sich das vorstellen. Ich bleibe weiter so, zeige ihm nur meinen Rücken.

„Bleib stehen, wo du bist!"

Langsam winkle ich das rechte Bein ab und strecke mich.

„Komm, tanz' mit mir, ohne ich zu berühren!"

„Bleib, wo du bist, ja, sei brav."

Jetzt drehe ich mich um und schaue ihn an. Dabei streiche ich über meine Oberschenkel und drücke sie mit den Fingern ziemlich fest, so dass kurze kleine Streifen bleiben. Er will meinen Körper und ich will seinen. Das will ich ihm sagen und jetzt fange ich an.

Zuerst einen *paso* und dann eine Drehung. Meine Haare sind das Schönste an mir und sie fliegen als ob sie gar nicht angewachsen seien. Und mein Bäuchlein, es zittert, ja es kann ihn kaum erwarten, doch Geduld, mein Lieber, Geduld. Jetzt bekommt er einen tiefen Blick ganz von unten.

„Zieh dein Hemd aus!"

Er macht das sofort. Hm, gut sieht er aus.

„Bleib stehen!"

Ich muss verführerisch aussehen. Ich sehe das seinen Augen an.

„Na, wie gefall' ich dir?! Bleib da!

Wir tanzen jetzt. Zuerst sehr langsam, dann etwas schneller, aber immer noch nicht zu schnell. Seine Hand berührt die Haut meines Rückens, meine Hand umfasst seinen Nacken. Jetzt mach' ich einen *ocho atrás con envoltura*. Er hält mich sicher und fest. Ich genieße das. Jetzt den *gancho, den boleo, arrastre triple. barrida triple* und dann die *carpa con volcada.*

„Gunnar, früher, in Buenos Aires, da hättest du gut zahlen müssen, mein Lieber! Da waren die Frauen Mangelware, die schönen besonders, wie immer, so eine wie ich, oh, die hätte irre Chancen gehabt.

Küss mich!"

Sie neigt sich zu ihm: „Zeig mal die Haut an deinem Nacken! Gunnar! Wettergegerbt! Drei Schiffbrüche, vier Stunden in eiskaltem Wasser geschwommen . . ."

Nicole lacht.

Ich küsse seinen Nacken und beiße ihn ziemlich heftig.

„Du schmeckst auch nicht schlecht. Wo hast du dich 'rumgetrieben, du Schurke. An dir kleben noch einige Nächte, hm,

. . . schön schmeckst du, das hat alles das gewisse etwas, wenn ich dich nicht schon lieben würde . . .

Gunnar

Erzähl mir doch mal etwas von deinen Träumen. Auch von denen in halbwachem Zustand. Die sind besonders schön.

„Meinst du das wirklich? Willst du die wirklich hören?"

„Ja, erzähl mir davon, ich mag es, wenn ich mit dir hier liege, wenn wir getanzt haben, uns geliebt haben und du mir dann Geschichten erzählst, die dir im

Traum passiert sind oder auch in Wirklichkeit. Beides!

Er legt seinen Kopf über ihren Schenkel, ihr Duft, er schließt die Augen, sie krault in seinem Haar.

„Ja, kann es auch etwas Phantastisches sein?"

„Ja, bitte, bitte!"

Da gab es einen Bahnhof. Der lag am Ende der Zeit und damit am Ende der Welt. Da bin ich mit meiner Liebsten gelandet. Die Lokomotive hatte nur einen Waggon, das war ein Luxuswaggon, wie in alten Zeiten.

Der Waggon wurde dort ab gekuppelt. Die Lokomotive verschwand. Um diesen Bahnhof wuchsen überall viele gelbe Blumen und auch das Licht strahlte warm. Kein Mensch war zu sehen. Wir stiegen aus. Der Bahnhof hieß „Das Ende der Zeit".

„Ja, dann war das der Tod!!?"

„Gut möglich, doch der Tod wird doch immer dunkel dargestellt. Hier, am Ende der Zeit war alles ziemlich idyllisch und hell. Die Gleise führten aber nicht weiter, die Uhr hatte keine Zeiger, die lagen auf einem Tisch. Das Gebäude war in Ordnung, nirgendwo bröckelte der Putz, das sah aus, als ob das Ende der Zeit gerade eben eingetreten sei. Seltsam war das alles. Hinter der Bahnstrecke war eine große Wiese. Hohes Gras. Die Wiese fiel etwas ab. Links von ihr gab es einige Bäume. Aber in dieser Wiese hockten viele Raben. Sie flogen nicht auf. Sie hockten da und bewegten sich. Diese Raben hatten irgendetwas zu bedeuten. Sie gehörten da einfach nicht hin, waren aber da und ließen sich durch mich auch nicht stören, sie flogen nicht auf, als ich durch die Wiese ging, ließen sich aber auch nicht greifen. Immer wenn ich einen zu fassen versuchte, wurde der unsichtbar . . . Dann wachte ich auf."

„Das mit den Raben, das hat doch was zu bedeuten? Aber was?"

„Die Frage darf man nicht stellen. Man muss das Geheimnis, das Rätsel, das sich um diese Raben legt, auf sich beruhen lassen. Es muss Geheimnis bleiben. Überall müssen Geheimnisse bleiben. Zauber, muss bleiben, sonst wird die Welt ohne Rätsel sein, dann wird sie auch ohne Erotik sein, denn gerade dort spielt sich viel in Rätseln ab.

Küss mich, küss mich tief, damit ich dir dann eine andere Geschichte erzählen kann. Das ist die, wo der Zauberer seine Zauberin sucht. Ja, eigentlich ist das wie ein Märchen, und so fängt es auch an:

Ein Zauberer

war einmal unterwegs. Er suchte seine Zauberin, eine ganz bestimmte Zauberin. Er wusste noch nicht wie sie aussehen würde, aber wenn es die richtige sei, dann würde er das fühlen. Er ging über Berge, durch Täler, überquerte Flüsse und Bäche, durchquerte weite Landschaften und wildes Gelände. Irgendwann erreichte er ein Dorf. Das lag etwas versteckt, aber hier lebte eine Zauberin von einem Alltag zum nächsten. Sie hatte auch einen großen Garten und - das merkte er sofort - das musste ein Zaubergarten sein. Er setzte sich zu ihr und erzählte ihr Geschichten von seinen Reisen, von seinen Taten und erwähnte auch mal leichthin die Zauberei, mit der er sich beschäftigte, denn das war ja sein eigentlicher Beruf. Doch als er davon erzählte, entdeckte er in ihren Augen, ein Aufblitzen, ja, sie musste eine Zauberin sein. So keimte in ihm der Entschluss, mit ihr zu fliegen. Über die Wolken, durch die Wolken, denn alle Zauberer können fliegen. Das war sein Plan. Doch dafür brauchte er einige Dinge und Voraussetzungen. Er sprach mit dem Schicksal. Doch das befand sich gerade bei Reisevorbereitungen und hatte leider keine Zeit für ihn. Er fragte beim Zufall an, der ein guter Vermittler von Zauberei ist und der ihm schon häufig geholfen hatte, wenn es irgendwie nicht mehr weiter ging. Der riet ihm, erst mal noch zu warten. So schnell ginge das alles nicht und vor allem müsse noch die Zeit gefragt werden, denn die hätte ein wichtiges Wort mitzureden.

Er umkreiste jetzt wie ein Vogel die Zauberin in dem kleinen Dorf. Denn es gab ein Gesetz: Wenn sie sich mit ihrem Zauber nicht freiwillig, ganz von alleine, wie unter einer fremden Macht stehend, zeigte, wäre der ohne jede Wirkung. Die Zeit sagte ihm: „. . . gut, ich will tun, was ich kann, aber es kommt allein auf den Punkt an, den du jedoch selbst richtig greifen musst. Du kannst dich dafür mit dem Zufall verbünden, falls der mitmacht. Doch dafür gibt es niemals eine Sicherheit.

Nun. an einem sonnigen Tag rief der Zufall den Zauberer an und sagte: „. . . schnell, schnell, mach dich auf, es könnte soweit sein, die Zauberin wartet auf dich. Sie weiß das zwar noch nicht, aber meine Kusine, die Hoffnung ist bei ihr. Renne los, vergiss nicht den Zauberspruch und sage ihn richtig, denn dann wirst du sie erlösen und ihr könnt beide fliegen. . .

Der Zauberer sprang gleich in seine Zaubermaschine. Jetzt kam es darauf an. Er fand die Zauberin und schnell sagte er den Zauberspruch. Da öffnete sie ihr Herz, schaute ihn an und in ihrer Stimme erklang jetzt ihr Zauber, der ihn umfing wie ein seidenes Tuch.

Nicole

Da sind ja einige Rätsel drin, Verschlüsselungen und Geheimnisse, oder?" „Ja, das ist richtig, doch ich werde das nicht verraten, nur soviel: Hoffnung, Schicksal, Zufall und Zeit sind hier Teile der Zauberei und benehmen sich wie Menschen. Doch sie sind unsterblich. Deshalb sind sie wie Göttinnen und Götter und daran muss man glauben, sonst klappt der Zauber nicht."

„Jetzt, Nicole, musst du mich wieder küssen. Einmal zu Beginn und einmal am Ende der Geschichte, weil mir sonst keine weitere einfällt."

„Ha, du Schurke!"

„Worum geht es?", fragt Nicole.

„Ganz einfach, ich werfe dir ein Rätsel zu, du wirfst ein anderes zurück und manchmal verstecke ich auch ein Geheimnis. Das ist besonders infam. Die Liebe besteht ja aus lauter Rätseln und ist umgeben von vielen Geheimnissen. Lässt man sie alle an ihrem Platz, wird die Liebe eine Zeit lang glücklich sein, versucht man sie zu lösen, verfliegt sie. So ist das und jetzt küss mich noch einmal. Auch die Küsse bergen Rätsel. Sie schmecken manchmal so, wie abgebrochene Sätze verklingen.

Gunnar/Vera

Es ist später Abend und still geworden. Beide sitzen auf der Terrasse unter den Bäumen und genießen die Zeit.

„Und der Sinn des Lebens?" fragt Gunnar ziemlich leise.

„Ja," antwortet sie, „der besteht darin, sich ständig zu verwandeln. Und Liebe ist nichts anderes als die größte Verwandlung.

Doch das Leben geht ja auch ohne Liebe irgendwie weiter. Doch nicht richtig. Irgendwann versandet es. Das Leben wird dann zu einem gestrandeten Schiff. Eine schleichende Katastrophe."

Gunnar: „Magst du gestrandete Schiffe?"

Vera: „Eigentlich ja und eigentlich nein. Sie haben ihr Element verlassen, doch Ihre Verwandlung ist dann ja ihr Tod.

Nein, deshalb mag ich sie eigentlich nicht, obwohl sie mich faszinieren."

Gunnar: „Was ist denn die Faszination von gestrandeten Schiffen. Wenn da ein Kahn am Strand liegt, rennen alle hin."

Vera: „Hm, ich denke das ist reine Männersache. Das große Schiff – und nur um solche geht es ja – ist hilflos und man kann Beute machen, denke ich. Mich bewegt mehr die Welt der Emotion, wie die Musik von Chopin!

Und die Liebe. Das ist wie der Atem. Solange man liebt, ist man glücklich. Selbst wenn man unglücklich verliebt ist, ist das ein Zustand der weitaus besser ist, als wenn gar nichts läuft.

Nur, fehlt die Liebe, kommt irgend etwas anderes. Die Büchse der Pandora öffnet sich dann sehr schnell.

Wieso ist Liebe aber so schwierig zu halten? Wieso verliebt man sich und wieso verliebt man sich nicht? Und wieso fordert Liebe soviel Schmerz? Wieso sind alle hinter ihr her. Man könnte es ruhiger haben ohne sie . . . nur das will ja keiner.

Man sucht und sucht, bis man die Suche aufgibt, irgendwie stirbt und glücklos weiterlebt. . . die ganzen

Krieger, Mörder und was weiß ich noch für Verbrecher leben alle ohne echte Liebe.

Ich fühl' mich geborgen in deinen Armen. Gunnar, und gleichzeitig unsicher, weil du dich von mir lösen könntest. Deshalb frage ich dich immer wieder, ob du mich liebst. Für immer und ewig? Ich weiß, dass es das nicht gibt, niemals geben kann.
Und trotzdem . . ."

Vera: „Wie sagt man: „Die Liebe kommt, die Liebe geht . . ."

Gunnar: „Tut sie das? Und wann geht sie? Wann verlässt sie uns? Gleichzeitig oder nacheinander? Je größer der Schmerz, umso größer ist die Liebe gewesen."

Vera: „Irgendwann werden wir uns erinnern. Die Zeit wird weiter gegangen sein. Der Schmerz wird bleiben und wenn er vergangen ist, wird er wiederkommen. Er wird dich in den Arm nehmen. Du wirst versuchen ihn auszuhalten, du wirst jammern und ihn verscheuchen und ihn gleichzeitig ersehnen."

Gunnar: „Der Wind aus Zeit füllt unsere Segel. Wir sind auf der Suche nach Liebe. Wir beide wurden zu Wind. Wir strömten zusammen über Land und Meer."

Vera: „Ist das die ganze Geschichte? Die ist aber kurz."

Gunnar: „So schnell kanns gehen.

Vera: „Es soll aber nicht so schnell zu Ende gehen, mach weiter mit deinen Händen, das kribbelt so schön und und . . . du kannst ja schon wieder!?" "

Gunnar: „Ja, aber lass ihm noch eine Geschichte lang Zeit. Diese hier handelt vom Wind der flüchtig ist, wie die Liebe.

„Es ist der Wind, der dich verführt, der dir die Weite des Landes zeigt, der dir die Größe des Meeres zeigt, der dir die Gefahr zeigt, der dich trägt, der dich aber auch vernichtet, wenn du ihm nicht gewachsen bist.

Odysseus fuhr mit dem Wind und gegen den Wind um die Welt. Er kam zurück zu Penelope. Wie lange kenne ich dich schon Penelope? Erkennst du mich? Mach' die Probe! Leben und Zeit sind eine einzige Sache und der Tod lauert überall. An Blicken und dem Klang der Stimmen, erkennen wir uns wieder und an der Sehnsucht, die uns trägt.

Hier arbeite ich gerade an meinem Schiff. Auch das ist Sehnsucht. Kennst du mich? Weißt du eigentlich wie gut ich auf See bin, im Sturm und bei hohem Seegang? Wie war das mit der Freiheit noch mal? Keine große Liebe ohne Freiheit. Beide verstören uns, lassen uns verzweifeln und drängen. Beide, Liebe und Freiheit sind niemals bequem, doch schön, wenn sie dich packen und du auf ihnen schwebst, ohne Flügelschlag und nach unten schaust, souverän, niemals kleinlich, sicher kreuzt du meinen Flug. Komm, lass uns fliegen.

Die Straßen sind leer. Wir küssen uns. Wir vergessen die Wirklichkeit, treiben in Träumen herum. Berauscht, wild und tief? Spring! Ruf ich dir zu, los spring über deinen Schatten . . ."

Nicole

Der Tag war wie er war. Die Menschen waren wie immer. Doch die Zeit war irgendwie anders, als sonst. Sie drückte uns zueinander. Wir spielten miteinander, wie wir das öfter taten. Doch heute war dieses Spiel anders. Ganz anders. Leise sagtest du zu mir etwas aus deinem Herzen. Ich nahm es und gab es dir zurück. Direkt in dich hinein. Die Zeit lächelte, und ging dann. Sie winkte uns zu und ihr Lächeln umwehte uns. Ich sah es in deinen Augen. Beim Abschied.

Nicole: „Eine schöne Geschichte. Ist die wirklich für mich?"

Gunnar: „Sie ist für dich. Für dich habe ich sie allerdings etwas verschlüsselt, damit niemand außer dir sie wirklich versteht. Denn nur du kannst diese Geschichte öffnen. Es ist wie der Tango erzählt: Ein Mann kann viele Frauen haben und doch immer nur die eine lieben.

So ist das mit Geschichten, die von der Liebe handeln, manchmal gehen sie auch direkt in die Liebe ein und tauchen aus ihr auf, wie Fische, die aus dem Meer herausspringen, um sich mal den Himmel

anzuschauen. Solche Geschichten fallen immer wieder in die Liebe zurück, wie fliegende Fische ins Meer."
„Liebst du mich?"

Sie küsst Gunnar. „. . . und nehmen immer Abschied," bedauerte Paul Celan.

Der Herbst, der Wind, manchmal Regen.

Gunnar/Nicole – auf dem Schiff

Du tanzt gut. Komm, lass uns jetzt noch einmal tanzen. Das muss funken.

Irgendwie sind wir dagegen, aber gleichzeitig wollen wir uns, wir wollen den Tanz und . . . tanzen.

Daraus entstehen immer neue Figuren, aus Frage und Antwort, neue Figuren, die sich abstoßen und gleichzeitig anziehen und in einer Bewegung enden, die das große Spiel spielt, getragen von Musik, die uns peitscht. Das Spiel liegt hier auf verschiedenen Ebenen. Der Mann führt. Doch sein Führen hat nichts mit Dominanz zu tun. Er führt Kraft und Bewegung der Frau und muss wissen, worauf er sich da eingelassen hat. Er sollte dabei auch ein raffinierter

Verführer sein. Er muss seine und ihre Bewegungen beherrschen. Das ist absolut nicht einfach. Das ist emotional, aber nicht nur, man muss das Spiel spielen können. Man muss die Form finden und sie vor allem halten, reich an Varianten, aber trotzdem nachvollziehbar. Ein paar Minuten musst du mit mir tanzen, als wäre ich du und du ich und das mit allen Variationen. Wir üben jetzt ein paar Schritte und nur diese."

Sie lehnt sich an ihn.

„Liebende sind wie fliegende Fische."

„Komm, küss jetzt deinen fliegenden Fisch."

„Was danach bleibt, ist eine gewisse Trauer. Wenn die Oberfläche unter uns knirscht, wir fliehen, ob das beim Jazz ist, wie in den Fünfziger Jahren oder bei den Drogen, das Vergessen, das Scheitern, und irgendwann steht man da und hat nichts mehr in der Hand.

Liebe ist ein Wagnis, doch man bekommt sehr viel, wenn das Wagnis gelingt!

Allerdings, je größer das Wagnis, umso näher Verderben und Untergang. Anfangs ist das keinem so bewusst. Man hält Liebe für eine Art Zeitvertreib. Aber das ist oberflächlich gedacht. In ihr wird Zeit gewonnen und nicht vertrieben. Das ist das Wagnis, denn die Zeit, das ist Gott oder der Herr der Zeit, wie das Wasser.

In der Liebe gewinnen wir die Zeit. Doch über uns kann die Zeit zusammenbrechen wie ein riesige

Welle. Nirgends geschieht das Scheitern so schnell wie in der Liebe. Du merkst es häufig erst, wenn du kurz vorm Abgrund stehst.

Die Zeit der Liebe ist die Zeit der Poesie. Verliebte schreiben sich Gedichte, sie singen und tanzen. Sie sind irgendwie verrückt. Vom Alltag aus gesehen. Die Phantasie und die Träume. Das sind alles eigene Wirklichkeiten! Man betritt eine andere Welt. Zwischenreiche.

Mein Traum von dem verlassenen Bahnhof am Ende der Zeit mit den Raben, die unsichtbar werden, sobald ich sie greifen will, ist ein poetisches Bild der Zeit. Sie wird zur Imagination. Wenn du versuchst, sie festzuhalten, wird sie unsichtbar, wie die Raben auf der Wiese.

Liebe besteht aus Suche, Haut, Körper und Imagination. Die große Liebe, die Frau meiner Träume, der Mann deiner Träume, das lässt uns abheben, lässt uns fliegen und führt uns in eine Wirklichkeit, die über der Realität liegt. Aber fliegen heißt ja auch irgendwann landen oder abstürzen.

Der verlassene Bahnhof im Nirgendwo steht für das Moll der Suche nach Liebe. Der Zug ist die Hoffnung, und solange die anhält sucht man weiter, doch wenn die Hoffnung abgefahren ist . . .

Schweben, zum Tragen kommen zu lassen.

Es geht dabei - wie in der großen Liebe, um den Ausdruck höchster innerer Unruhe.

Chopin hatte eine schwärmerische Liebe zu der Sängerin Konstancja Gladkowska, unter der er das Klavierkonzert in f-Moll schrieb. Später widmete er das Konzert allerdings der Gräfin Potocka. Allerdings ist in diesem Werk die heimliche, poetisch verklärte Zuneigung zu Kontancja unüberhörbar, besonders im Larghetto. Da ist dann wieder der Klang des Abschieds und der Schmerz, nur ist es kein schlimmer Schmerz, eher einer, den man erwartet, ein Schmerz, wie die Moll-Tonart, wie das Verklingen der Töne vor dem undeutlichen Hintergrund, der wie eine Schraffur wirkt. Sie verklingen, wie Nebel in einer Landschaft.

Oder wie hier in dem Gedicht von Aleksandra Pristin:

„Immer noch kein Herbst.
Zu Füßen warmer Abend ausgerollt,
im Duft der Linde,
du und ich verstohlen.
Die Fische spielen mit dem Mond.
Die Stadt ruht ihre Lichter um müde Boote aus,
wo Wind auf Zehenspitzen gleitet,
vor uns der breite See,
ein umgestürztes All, die Unendlichkeit
und wir darüber,
unsere Träume Kopf an Kopf."

„Wie gefällt dir das? gefällt dir das? Küss mich, schiebe mich ins Weltall . . . noch einmal!"

Georges Bataille *spricht von der Chance, die man niemals suchen kann, die man sein muss, die man nicht besitzen kann, denn sie besitzt dich.*

So wie der Kuss uns besitzt, uns zum Fliegen bringt, zum Schweben auf der Zeit. Nur ein Kuss, doch der kann die Chance sein, die Wahrheit des Lebens, die Grundlage aller Werte. Es ist nicht Arbeit oder das was man will. Die Chance, ja die Chance ist der „Untergang des einen im anderen". Die Verwandlung. Wir gehen in ihr zwar unter, doch stehen als Andere wieder auf.

Ekstase und das Verschmelzen. Zwei Orgasmen gleichzeitig und danach landen. „Ich liebe dich," sind nur drei Worte, doch sie bergen die Chance, das große Glück, sie bringen Geist und Körper in Ordnung und gleichzeitig in völlige Unordnung.

Die Chance ist das Gegenteil von Wissen, das Gegenteil von Arbeit, von Planung. Sie schwirrt durch dich, sie bringt dich zum Lachen, zum Wahnsinn, sie spielt mit dir, sie ist die Schwester vom Schicksal, jenseits von gut und böse.

Ich will dich. Ich will mit dir Gegenwart leben. Eine nach der anderen. Viele Gegenwarten. Gegenwart, sinnlich, anfassbar, deine Haut sehen, sie spüren, die Sprache deiner Haut verstehen und mit ihr sprechen.

(Die Chance ist im Französischen das Glück)

Liebende

finden sich nur, wenn sie sich zerreißen.

Sie müssen und wollen leiden. Der Augenblick der Begegnung der Verliebten ist das Delirium, zu zerreißen und zerrissen zu werden.

Georges Bataille

Nicole

Gunnar, streichel mir den Rücken, so wie du das immer am Morgen getan hast.

Ich spüre mein Blut kribbeln, meine Haut antwortet deinen Händen, vorausgesetzt du hörst nicht auf, ja streichel mich und jetzt küss mich am Nacken, aber nicht beißen, nur streicheln. Ja, und jetzt nimm meine Schenkel, auch sie haben eine Sprache, wie deine Hände und sie verstehen sich. Nein, nicht weiter, nur so, mach mich lebendig, mach mich richtig wach, bring mich zum fließen, fließen will ich durch dich, in dir, mit dir . . ."

Vera

Die Fenster sind geöffnet. Die Sonne scheint schräg ins geräumige Zimmer. Durch die wehenden Vorhänge bilden sich Licht und Schatten, die Bewegung in den Raum bringen. Vor dem Haus eine Weide, auf der ein paar Pferde herumlaufen. Im Hintergrund stehen zwei Männer im Gespräch. Von weitem sieht es aus, als hätten sie Wichtiges zu besprechen. Sie reden aber nur über den Alltag.

Sie schaut in den Spiegel. Jünger werde ich auch nicht, sagt sie sich, aber ihre Figur geht durchaus noch. Sie muss vor allem den Männern gefallen, das ist ein Gesetz. Wer das mal verbrochen hat!? Eine Frau muss sich vor allem selbst gefallen! Oder?

Wenn sie aber keinem Mann mehr gefällt, ist sie aus dem Rennen. Das ist böse.
Sie betrachtet sich von der Seite . . . geht auch noch. Ein kleines Bäuchlein hatte sie schon immer, das gilt nicht. Die Beine, die Haut der Schenkel, waren mal besser . . . Das Gesicht. Sie schaut in den Spiegel. Die Augen, die Partie unter den Augen. Die Zeit. Die Erfahrung, da kann man drauf pfeifen. Wer will eine Frau mit Erfahrung, die gealtert ist. Männer wollen eine junge Frau mit Erfahrung und gleichzeitig voller Unschuld. Was Männer so alles wollen? Da sollte man einen Riegel vorschieben. Aber, wenn er dann geht, ist er weg. Einen Mann, einen guten Mann, einen richtig guten Mann, den zu finden und den zu halten ist eine Kunst. Das gilt aber auch für ihn. Umgekehrt also: Eine gute Frau, eine attraktive Frau, eine mit guter Figur und gebildet, die zu finden und zu halten, ist eine Kunst. Das ganze Leben eine Kunst? Wozu gibt es die Träume? Ich habe von ihm letzte Nacht geträumt. Ich hab es ihm gesagt. Aber nichts vom Traum selbst erzählt. Der war - wie war der eigentlich? Er kam darin vor. Er nahm mich in die Arme und ich verging darin. Als ich ihm erzählte, dass da ein Mann sei, der ein ganz klein wenig in mich verliebt sei. Ein Mann muss das verstehen, dass eine Frau das braucht. Hat sie keinen mehr, dann ist sie am Ende. Er liebt mich, ich glaube ihm – zeitweise - er ist ein Schluri, aber viele Frauen lassen sich mit solchen ein. Egal, ich will ihn behalten. Die Macht der Frau über einen emotional guten Mann ist begrenzt. Der ist dann gleichberechtigt. Ich sollte noch etwas Sport treiben. Aber was? Ich will ihn behalten aber auch mit ihm leben, richtig leben. Was ist richtiges Leben? Den Alltag? Die Liebe? Mit allem drum und dran. Er zieht mich immer mehr in sein Leben 'rein. Er kommt immer irgendwie durch, dieser Schurke,

wie er da im Bett liegt, halb wach. Ich werd' ihn ganz wach machen, meinen liebsten Schurken, ich werd' ihn mir wach machen, er soll mir gleich alle Zeit und Ewigkeit versprechen.

Draußen weht ein milder Wind. Die Sonne ist leicht hinter den Wolken. Die Wiesen atmen. Vor mir liegt der Mann, von dem ich geträumt habe. Er macht sich Gedanken, ich lass ihn sich Gedanken machen. Männer finden ihre Gedanken toll, aber ich will eigentlich nur ihn, ich will seine Haut schmecken, seinen Duft spüren, der sich in meinen Haaren verfangen hat. Ich will mit ihm eins werden, eins sein, mich vergessen, mich gewinnen, ihn vergessen, ihn gewinnen. Rücksichtslos und zärtlich will ich ihn mir nehmen.

Die Haut um meine Augen. Man darf das alles nicht so kritisch sehen. Männer schauen überhaupt nicht auf Falten? Nur auf den Körper? Sie wollen ein Weib an ihrer Seite. Am besten die Frau kleidet sich immer etwas anrüchig. Oder *elegantíssima.* Oder mal so und mal so. Das ist alles doch ziemlich anstrengend. Am besten im Dunkeln. Dann sieht er nicht so viel. Fühlen. Ja, fühlen soll man sich. Aber nicht nur, sondern auch und vor allem denken und fühlen-denken und denken-fühlen. Trotzdem muss die Figur stimmen. Ich muss noch zwei Kilo abnehmen und jetzt schnapp' ich ihn mir. Noch vorm Frühstück.

Gunnar zu Vera

Los erzähl mir von deinem Traum heute Nacht. Ich will auch in deinen Kopf rein, mich darin umsehen, darin wandern, überrascht werden, überrascht von den brutalen, amüsanten, zärtlichen, grausamen und lüsternen Träumen, die sich auf deiner Haut zeigen, in deinen Augen, auf deinen Händen, in deinem Gang, überall an dir sich zeigen, sie müssen nur entdeckt werden.

Vera

Stell dir vor wir tanzen auf einem Drahtseil. Unter uns der gähnende Abgrund. Wir tanzen nach einer Musik, die nur in unseren Köpfen ist. Wir können das. Doch die Gefahr schläft nicht. Jeder geht rückwärts, wir bleiben stehen,gehen aufeinander zu, wir gehen weiter und kurz - bevor wir uns berühren, bleiben wir stehen.

Wir schauen uns fordernd an. In uns brennt es. Doch wir stehen auf dem Drahtseil. Das Seil ist zwischen zwei Wolkenkratzern gespannt. Unter uns der Verkehr. Das Seil schwankt ganz leicht. Es ist zwar gut verspannt, doch etwas schwankt es immer. Wir gleichen dieses Schwanken aus. Wir balancieren. Wir berühren uns.

Wir wissen: es geht um zwei Gefahren, die wir gleichzeitig überwinden müssen. Die eine ist auf keinen Fall abzustürzen, die andere, uns zu finden.

Dann eine kurze falsche Bewegung. Wir stürzen. Wir fangen uns am Seil. Wir halten uns daran fest. Jetzt ist sich jeder selbst der Nächste. Wir müssen wieder aufs Seil hinauf. Das ist ziemlich schwierig. Mit allerletzter Kraft schaffen wir es.

Wir stehen jetzt wieder ernüchtert auf dem Seil.
In unseren Augen noch der Nachklang des Schreckens. Wir gehen rückwärts bis wir die sichere Plattform erreichen. Dann reißen wir die Arme hoch und genießen den Applaus der Menge.

Alle halten unseren Sturz vom Seil für einen Teil des Programms. Wir hangeln uns runter zur Erde, verneigen uns noch einmal vor dem Publikum und laufen aus der Manege. Im Wohnwagen fallen wir uns in die Arme.

Vera

Man liebt. Dann kommen die Extreme und gerät nah an den Tod, der gelassen zuschaut.

Die Gefahr besteht, sich dabei zu verlieren. Man fliegt durch Raum und Zeit. Wir verlassen die gewohnte Wirklichkeit, wir verlassen gut und böse, wir überschreiten Tabus und fliegen, fliegen über Grenzen. Wir sind wirklich frei."

„Doch, Gunnar, aber da ist noch die Zeit. Die ganz große Unbekannte. Wir sehen sie nicht. Doch sie ist da."

Gunnar: „Der Wind kommt warm von den Bergen. Wir sind zusammen, deine Haut erzählt mir lange Geschichten und deine Augen wollen mich fast auffressen . . ."

Vera: „Deine wollen das auch. Komm, lass mich in deiner Haut lesen. Sie ist wie ein Buch. Sie erzählt mir von Abenteuern, von erlebten Gefahren, von verratener Liebe, von gewagten Geschäften. So, jetzt mach ich meine Augen zu und schaue nach innen. Küss mich, küss mich.

Vera: „Gunnar, Hast du schon mal an den Alltag gedacht?"

„Nein."

„Gunnar, aber dann habe ich wieder wahnsinnige Sehnsucht nach dir. Dann erkläre ich mir, das alles zwischen uns ausgemachter Blödsinn ist und dann vergehe ich vor Lust nach Dir. Ich streiche über meinen Körper und denke es sind deine Hände, die fest sind und gleichzeitig zartfühlend, ich sehne mich danach, ich sehne mich nach deiner Haut, besonders nach deinen Armen, die so stark und gleichzeitig so schmiegsam sind, die mich so fest halten, so fest, wie ich das brauche, liebe mich, bitte liebe mich.

Den Alltag, schmeiß ihn einfach weg, verjag' ihn . . .

Milena ! Juli 2014

Hier ist Gunnar, wie geht's ?
Ich nehme Morgen die Maschine von Lissabon nach Reykjavik und werde um 15.30 da sein. Holst du mich ab?

Ja, es war ganz schön hier. Das Essen war gut und zu trinken gab es eigentlich viel zu viel.

Ja, ich war mit Juana ein paar Mal Tango tanzen.

Nein, es war nichts mit ihr. Mach dir keine Sorgen.
Ein paar Erinnerungen. Mehr eigentlich nicht.

Bis Morgen - Tschüss."

Edgar Sommer

wurde in Danzig geboren und ist ein deutscher Autor und Verleger. Er schrieb bisher über die Tuareg, die Felsbilder der Sahara und gilt hier als Experte. Er reiste praktisch sein ganzes Leben lang. Über 30 Jahre betrieb er in der Sahara Abenteuer-Tourismus. Ziemlich hardcore. Zurück in Deutschland gab er Schulbücher in der Tuareg-Sprache - zusammen mit Karl G. Prasse - heraus und transportierte die durch die Wüste in den Niger. Kürzlich grub er für das Naturhistorische Museum in Braunschweig und mit diesem, einen Dinosaurier in Niger aus und verschaffte ihn nach Deutschland. Sein Leben ist folglich durchaus wechselhaft und deshalb selten langweilig.

In dem vorliegende Werk verarbeitet er ein Dreiecksverhältnis, das er in jungen Jahren hatte.

Dieses Werk ist Band II der „Romantischen Reihe", die in seinem Verlag erscheint. Band I war „Flug der Kormorane", den er zusammen mit Aleksandra Pristin schrieb.

Edgar Sommer lebt in Schwülper, das in der Nähe von Braunschweig liegt.

Impressum:

ISBN: 978-3-938693-24-7 – Deutsche Erstausgabe

CARGO-Verlag Celler Straße 21 in D-38179 Schwülper.
Das Titelbild wurde unter Verwendung eines Fotos des argentinischen Tangopaares Miriam Larici und Leonardo Barrionuevo erstellt. Dafür bedanke ich mich.

Layout und Umschlaggestaltung Edgar Sommer